寶島歷史輕奇幻

妖襲赤血

虎茅庄

台嶼符紋籙 著

偽娘無罪，奇幻有理——台灣歷史的惡趣味

何敬堯

翻讀此書，直讓人拍案叫絕！原來台灣歷史也能有腦洞大開的無限可能，讓人不禁莞爾一笑。在面對曩昔的海島歷史之時，這本小說提供了迴然不同的「惡趣味」的閱讀饗宴。

偽娘、貓耳、劈腿……諸多新世代的網路用語、次文化觀點、ACG術語，有誰能想到這些台詞，會出現在兩百多年前的台灣故事呢？作者以輕小說的輕盈筆法，立基於真實歷史，重塑出另一座幻想世界。或許有人會質疑，這些「太過超越」的用字，使用在歷史背景小說上，究竟適不適合？但歷史本來就無絕對，而只是相對的立場，若能以現代人容易理解的觀點，重新詮釋、解讀過往的歷史文化，是否也能更貼近現代人的閱讀口味呢？

台嶼符紋籙的《寶島歷史輕奇幻：妖襲赤血虎茅庄》，以一七四一年的台灣時空為背景，鋪述著漢族文化、原住民故事、大肚王國、分類械鬥、反清民亂等等史實，卻不拘束於傳統的寫實主義，而以輕小說、奇幻小說、武俠小說的架構，佐以詼諧逗趣的情節、幽默無厘頭的現代用語，翻轉出一部不可思議的台灣奇譚。

故事初始的地點位於「虎茅庄」，也就是現今桃園市在乾隆時代的舊稱，光緒年間才改名「桃園」。虎茅庄一帶，是霄裡社與泰雅族等原住民族散居之地，也是漢族開墾的地域。而位於桃園北部的「萊

崁」，在荷蘭時代稱為Lamcam，清代則稱為「南崁四社」，包含坑仔社、南崁社、龜崙社、霄裡社。

小說開端，在虎茅庄開拓圳渠墾地的客籍漢人郭光天遇有難題，所以邀請了多年友人前來家中作客。這位友人來頭可不小，是一名曾參與過朱一貴民變起義的江湖傳奇人物，家世所學承襲玄學、五行數術、奇門遁甲，但兵敗後只能隱姓埋名，平時依靠著「英家老爺」的名號暗中行走於世。

故事至此，中規中矩，似乎還符合著台灣歷史的發展脈絡，但是當郭光天眼神低垂，向英家老爺述說：「老友啊……這裡有妖怪！」劇情瞬間急轉直下。

原來是郭家與原住民部落交易皮貨的使節團，竟然意外在大姑陷（現今的桃園大溪）集體被殺，懷疑是妖怪作祟。英家老爺接下了這樁「斬妖除魔」的任務，在與泰雅族人一同面對恐怖的「人頭妖怪」的伏擊。

在泰雅族的神靈觀念，信仰「超自然的存在」（rutux），森丑之助曾解釋「rutux」即是「靈魂、神、妖怪」的意思，而此詞意涵也包含「祖靈」、「鬼怪」、「惡靈」、「過往的英勇領導者」，涵蓋的範圍非常多元。而在小說中，英家老爺與泰雅族人聯手，與人頭魔物對抗的情節，也不禁讓人聯想起日治時代的官方文件《蕃族調查報告書》，所紀錄的一則「人頭妖怪」（泰雅族，角板山社）的傳說：

> 昔時，有個人前往山中，眼見天色已晚，遂在山中小屋夜宿。睡夢中彷彿聽到有人走來，因而驚醒，並看到來者只是一個人頭，沒有身體。他嚇得大聲吆喝：「你是什麼東西，竟敢跑來這裡！我看過的人頭不下百個，區區的你算什麼，還不快滾！」

之後，把隨身攜帶的菸草扔了過去，人頭遂在剎那間消失無蹤。
（大嵙崁蕃，報導人：角板山社Iban Pruna/Syat Pruna）

不過，實情究竟如何？難道人頭妖怪與泰雅族傳說的邪惡巫師有關，抑或是不知名的鬼怪所化身？故事當然不只如此而已，作者台嶼符紋籙反而不拘泥於古書文獻，而以另一種創新的觀點，融合國族寓言，重新編寫出屬於台灣島嶼的「飛頭蠻」故事。

回顧台灣歷史小說的發展，台灣第一本歷史小說創作，是清代江日昇所作《臺灣外記》，介於史冊與章回小說，講述鄭氏家族的興衰。在日治時期，西川滿的作品《赤嵌記》、〈龍脈記〉，則以台灣歷史時空為寫作素材，致力於台灣民俗與歷史的創作。而在戰後，對於戰前殖民經驗的傷痕書寫與記憶探索，則仰賴於鍾肇政、葉石濤、吳濁流、李喬、東方白、姚嘉文等作家的努力，書寫主題則大致上包含抗殖民精神、族群融合、祖先拓荒、家族傳承等概念闡發。

不過，到了今日，台灣歷史小說能有何種發展？

除了傳統寫實主義的筆法之外，歷史書寫其實也能以「類型文學」的風格來進行鋪陳，或許反而更能貼近現代人的感官經驗。歷史背景小說的「輕量化」，在亞洲其他國家的文學發展中早就是常態，否則怎麼會有中國的《步步驚心》、韓國的《成均館緋聞》……這些趣味精彩的歷史題材小說、電視劇？而台灣的歷史背景小說，是否也能往奇幻的風格發展呢？

台嶼符紋籙的《寶島歷史輕奇幻：妖襲赤血虎茅庄》，為台灣的讀者們提供了一個觀看歷史時，充滿無限可能的幻想視野，期待這本書能開拓歷史書寫的嶄新境界。

妖、巫、死神戰士構成精采絕倫的奇幻小說

亞斯莫

接到這部小說當下，才看一頁，便從午夜端坐桌前至艷陽高照的正午，終於看到了一個結局。但，這故事真的結束了嗎？

這個故事講述了一個極為有趣且具歷史價值的事情。其中人物牽涉許多台灣寶島上發生的史實，卻用了一個奇幻的架構來鋪陳。設若歷史課本能夠這樣寫，必定不會是枯燥乏味的刻板教條。

故事中講述魔神雅流傳下來的大語符紋，竟是今日中原已失傳的古音、真正的正統古語？女主角英娜在藤樹神及前翰林大學士的引領下，將大語符紋變成既強大又具實戰的工具。雖然僅只運用了幾個符紋，卻足以使混戰中失利的一方，得以取勝。

另一方面，打著「反清復明」旗號的赤蓮軍，用「漢奸」的罪名屠殺漢人墾戶及阿泰雅族人。而掀開這場神、妖、巫及方術之戰的第一人，就是陳蓋。她以十分惡毒的妖法：「飛頭蠻」屠殺漢人與阿泰雅族人。連法力高強、武術深厚的英家老爺，也差點無法保全郭遵一家人的性命……其幕後的真正主使者，竟然是「墮天使」？

阿泰雅族的戰士加禮竟可以入贅英娜，還任由她選擇多夫，而不生妒忌。這種以母系為主的部落，其禮數令漢人大開眼界外，內心卻無法全盤接受。

奇幻故事中還加入諸多考據，如：開海、墾號的建立、淺談泰雅族、泰雅語有關一天的時間、歷代打出天地會旗幟的民亂、南崁社、坑仔社早期紀錄、新竹七姓公、有關平埔族婚姻相關記載與文件、結音尺牘、大肚王國簡史、謎樣的王世傑小傳、開拓新竹的時間爭議、人神契約、符紋的三十個母音對照表等等，令讀者在看故事的時候，還可以邊理解台嶼符紋籙為讀者精心蒐集的詳細的史實考證。

不過，我努力研習半天，還是對大語符紋每一個子音或母音，以及其相對應的數字，完全沒有概念，可見這套失落的古語，其複雜程度，著實該花功夫研究一番。

令人欣慰的事，便是台嶼符紋籙實際參與了這套古語的彙整工作，至今仍舊埋首其中。

但其繁忙之餘，還將這個古語運用在故事中，增添許多趣味。

而其中幾個令人遮眼的幾個角色，以峨嵋的淫蕩苁玉師太，其淫蕩的行為，真令人大開眼界！而四大女徒：福女（腐女）、虞艦（魚乾）、月時（肉食）、唄呟（敗犬），也各有其令人咋舌的噁心途徑。

除了正與邪相對立的角色外，「忠皇義民青八旗」的護法長老林碧山，這人行徑令人可以感受到「處在夾縫中求生存」的難處。這位前翰林大學士，雖身為清朝的要官，但其心中，依舊懷念著失去的古音，只可惜，為人臣子，建言在君主耳中不過猶如東風，其一統天下的立場也令這位前朝老臣，只能揪心嘆息。回想起，秦始皇為一統天下，焚書坑儒、統一文字，就是為了展現其不可侵犯的權利；再者，武則天當政，立下：「則天文字」（則天新字、武后新字），意在樹立權威，就是因為相信文字具有統治思想的力量。武則天立下的共有十二字，像是：「曌」、「埊」、「匨」、「恖」等等，當其失去權力後，這些字便不再使用。

歷代皇帝，總是想做些事情，以彰顯自己的威權，造新字、去舊語，已不是罕見之事。本故事中，大語符紋這種古語，就在朝代演變中，逐漸失去傳承，漸漸成為一種無人知曉的語言。如今，究竟已有多少文字及語言，已經完全消失殆盡了呢？

台嶼符紋籙發表有關《大語符紋路》的系列小說，目前已完成的有《大語符紋路：歿世第一日》、《大語符紋路：乾隆十年•三座厝》、《大語符紋：萬字對照表》、《大語符紋路：歿世第二日》、《大語符紋路：歿世第三日》以及即將出版的《寶島歷史輕奇幻：妖襲赤血虎茅庄》。

十分期待這套書，能夠全部出版實體書。畢竟，其中的「大語符紋」乃是曾經出現過的失傳語言，透過故事加上考據，應該對於這套曾經流傳過的語言，有更深刻的印象。

這個故事中的各個具有特色的主角，如：死神戰士壺麗，竟是一個男扮女裝的偽娘；還有寶島傳說中的死神代理：紅羽異鳥；阿泰雅族的熊之勇者；藤樹神；貓妖佬密氏；歿世之王；斬妖除魔的英家老爺……為這個故事增添許多笑鬧又壯烈的情節。

最後決戰，真是驚天地、動鬼神。正邪之際，究竟是將利益視為標的？還是真的把國族地位擺在首要之事？

自己人互相殘殺的結果，人性光明面與黑暗面就在一念之間迴轉。

衷心推薦這部小說給所有喜歡奇幻小說的讀者，在閱讀過程中，將是一場蕩氣迴腸、謎團不斷的驚喜閱讀。

先撇開一些晦澀難懂的「大語符紋」，讓我們盡情享受小說中精彩的鋪陳與充滿無限幻想空間的打鬥場面。

序於書齋

目次

序章

在很久很久以前，有座島遠在大海的盡頭、文明的邊緣。

傳說中在這海島的南方山中，被稱為賓西瓦幹（Pinsbukan）的地方。有一個男神和兩個女神，在大石頭中誕生。

他們的後代，稱呼自己為**「阿泰雅」**（Atayal），也就是「人」！

故老相傳。阿泰雅族的祖先、拉塔姆、布塔（Rakame Buta）和拉塔姆、尤巴斯（Rakame Yabox），制定了稱為「嘎嘎」（gaga）的祖訓，規範了阿泰雅社會的道德、法律、祭典儀式、生命禮俗。從出生到死亡，阿泰雅一族人都須遵守著「嘎嘎」。

但是，有一個叫做哈莫尼（mahuni）的邪惡女巫師卻違反了嘎嘎祖訓，她／會驅使一種全身紅色羽毛，大小像是鴿子、卻是單腳、獨眼，稱作「躹逆、嘎巴坦尼亞（humi qbhniq）」的邪鳥！哈莫尼不時發出的邪惡聲音，讓聽到巫師邪惡聲音的戰士與獵人們失去力氣，甚至生病。

於是，在族中長老和大巫醫哈邁古（hmgup）呼籲下，阿泰雅族的勇士集結起來獵殺這邪惡的女巫師，一直追到了大姑陷（Tatoham）溪旁。只見哈莫尼縱身跳入水中。以後就再也沒有人聽過那邪惡的聲音了。

隨著時間過去，族人記憶逐漸的淡薄時，卻有另一支民族渡過大海而來。他們與沿岸的部落合作，不斷拓展勢力。

當他們看到大姑陷溪時，居然將自己種族的名字，與原來的發音結合來稱呼。

於是……這條溪有了一個在後世更廣為人知的名字。

「大漢溪」

◆

接下來將要述說的故事，就從大漢溪旁那一連串的血腥慘案開始說起……

台灣小事典

根據二〇一六年，泰雅族為台灣第三大原住民族群，屬於南島語族的一支。本文中的「阿泰雅族」，是以二〇一六年教育部、原住民委員會的「台灣原住民歷史文化大辭典網站」中發音為基準。

【參考資料】

民國一〇四年小學社會課本

森丑之助，《生蕃行腳》

台灣原住民歷史文化大辭典網站

泰雅族

http://210.240.125.35/citing/citing_content.asp?id=3055&keyword=%AE%F5%B6%AE%B1%DA

旁斯博干

http://210.240.125.35/citing/citing_content.asp?id=3147&keyword=%BB%AB%A6%E8%A5%CB%B7F

起源地神話

http://210.240.125.35/citing/citing_content.asp?id=2695&keyword=%A4j%C5Q%A6y%A4s

泰雅族WIKI

https://zh.wikipedia.org/wiki/%E6%B3%B0%E9%9B%85%E6%97%8F

十八世紀的漢民族之心

英娜知道她正在作夢。

每次在夢中都聽到這樣四個音節、重複二次。

咚、咚、咚、咖、咚、咚、咚、咖！

啊！

不是這樣的。應該是再生動一點……

咚、咚、咚

咚、咚、咚、咚、咚

咚、咚、咚、咚

咖！

對了、似乎由高音到低音。而且最後一個音收的很短。然後又重複一次，只是強弱音調稍稍不同。

（咚）、咚、咚

（咚）、咚、咚、咚、咚

（咚）、咚、咚、咚

（咖）！

重複了二次、四個音節、八點節奏。說歌唱不像歌唱，又不像是哪種樂器。但英娜總覺得這音階像是自己天生的一部分，即使不用思考，也能隨著說出的每一句話語、自然地產生共鳴。

當然、這是在夢中。

「英娜、英娜！起來了、船靠岸了！」

阿公的喊叫，將英娜由夢鄉中拉回現實。這裡將開始的，是在一個偏遠海島的奇幻故事。

時近夏末，熱暑漸收。

這海島南、北端的氣候相差極大。相較於南部燥熱秋老虎的日頭、北部已是一絲涼意籠罩大地。

此地位於海島北端，品種奇特的蘆草遍佈全域。漢人來到之後，眼見比人還高的蘆草覆蓋、隨風起伏下猶如斑斕老虎潛行，於是稱此地為「虎茅庄」，並在其中稱為大坵園、北窩頭（或簡稱大園）的旱田區域，開墾耕作並修築港口。

這順著天然溼地建造的港口，還有一個有趣的地方。由於大部分的工人都姓許，因此當地人慣稱為「許厝港」，久而久之也變成正式名稱了。

這一老二少，三人搭著渡船來到。上了岸後，問明路就緩步走向此地漢人墾號：「郭樽」。

這老人，可非等閒人物。其武功之高，在當代甚至被人尊稱「黑水溝二岸第一奇人」。其姓名也很奇特，似乎沒有人知道他的真實姓名，江湖人皆尊其為「英家老爺」。

只是，名聲與實力，有時並不代表優渥的生活與收入。

自兒、媳相繼去世後，英家老爺就身兼二職，照顧兩個孫子。由於自己是沒有戶籍的黑戶，無法依正規的登記取得田地，所以沒有墾號與土地證明的私田收成只能在路邊排攤販賣，不能進入市集，就算有朝廷商號證明的郊商肯幫忙收購，其收入也僅能勉強糊口。

這兩年遇到乾旱，市場價格波動更是難以掌握。

此刻卻接到老友——漳州人士郭光天的邀請，一時也找不著旁人照顧孫兒，就這樣，英家老爺帶著兩個小孩來到了郭家大宅。

遞上郭光天所寄的信，同時說道：「嗆咖利簍牙共，四英嘎耶來拜哄嘍。」（註：這是以漢語南方方言的發音直譯，意思為「請和你老爺說、是英家的來拜訪了。」後文為閱讀流利，將直接翻譯，僅在必要時保持原音）

一入大門，英家老爺不禁心想：「井條有序、格局不凡！最重要的，竟是一片祥和之氣。老友能在這塊地面立足，果然有過人之處。」

原來這時代漢人要來這海島開墾，要向官府先申請「墾號」的認證。除了必須繳交不算輕的稅負，渡海來開墾的農工還不准攜家帶眷。男人的陽剛血性，再加上不時要防範野獸、強盜，與當地部落的摩擦也時有所聞。大多數墾戶都戒備森嚴，瀰漫一種緊張氣氛。

但郭光天卻大不相同，一到此地便先建設水利。開挖「湖底埤」引入河水，並挖掘引水圳渠，更與當地居民共享。於是當地人將這大宅附近，稱為「圳頭」這名稱固有「此乃圳渠之頭」的意思，也暗指了郭樽、乃是圳渠開拓之首。

這和諸多介於兵寮與工寮之間的墾號不同。郭家大宅不但四方圍牆較矮、沒有防護柵欄。前、後、東、西各屋建築，遠望就像是中原的大莊園。

英老爺心想：「沒有客籍墾戶常見的圓樓土牆，也沒用漳州人的防禦竹林。這老友雖然事業有成、與鄰和睦，保安上的建設卻是相對不足。」

待進到前院中央時，卻見到四、五人身穿一色白底黑邊短罩，袒露胸膛在走道一旁垂手而立。看來應是北方熟番，大龍峒等族的裝扮，為何會在這聚集？

正自奇怪時，一名家僕走來躬身道：「老爺說，不巧正有要事須立刻處理，還請英家老爺見諒。且請您到旁廳稍作歇息，老爺馬上就好。」

英家老爺點點頭。正要家僕帶路時，聽到大廳方向傳來爭吵聲。

「鴨滿秀雖林、棍！」

這句話讓英娜不由得頭一偏，問道：「阿公，有鴨子嗎？」

「不是。英娜妳先別說話。」

英家老爺心知，這句話是屬於中原南方的客家語，意思是「野蠻畜衰人，滾」！（註：客家語的發音為「hon^{55} ngin^{11} hiug^{2} sor^{24} ngin^{11}，gun^{31}！」後文為了閱讀流利，將直接翻譯。僅在必要時保持原音。「畜衰人」是客家語俚語，意指會讓人倒楣的人。）

轉頭一看，一藍衫男子正從大廳處疾步而出。此人身材五短圓肥，頭頂微禿、細咪咪的眼睛配著老鼠似的八字鬍。後頭一個高挑的戴眼鏡儒生也忙不迭地緊跟追出。

那位藍衫肥胖男子，走到院中看到番族男子。戟指罵道：「你們這些沒有文化與教養的番邦，能有幸與高尚的漢族共事應感到光榮了。竟想要雇用我？爾等蠻夷！竟妄想騎在有五千年文化的漢民族頭上？平

起平坐都算是汙辱我了！」（客語）

英家老爺眉頭一皺，這種自以為有民族優越感的雖是不少見，但如此露骨謾罵，人又不是木頭，勢必引起一番爭執。

果然，一幫番族青年即使聽不懂，也知道是汙辱人，立時怒目而視，圍了上來。眼看就要圍毆。

英家老爺拉著英娜與小孫子英宗傑退在一旁，不想立刻出手。心想：「先讓他挨個二、三拳，再出手制止不遲。」

剛剛那眼鏡儒生急忙介入番族青年與藍衫男子之間，並大聲喝止番族青年。一干番族青年立時退後，看來這儒生竟是首領。

只見這儒生轉身向藍衫男子拱手哈腰，看來正要說些場面話。藍衫男子卻怒斥：「無知蠻夷！不必假惺惺！」（客語）

這下連英家老爺都嘴角一歪：「這混蛋真不通情理！」

一眾番族青年怒氣比剛剛更勝，儒生也呆在當場。

眼見衝突無法避免，一人聲若洪鐘：「請各位看在老頭囝的面子上！住手！」

只見正廳走出另一銀髮瘦小老者。此人漏斗似的倒三角臉上滿佈皺紋、嘴上厚蓋一撇濃密鬍鬚，身穿黑色錦衫綢緞。英家老爺認出此人，正是老友郭光天。

主人出面，眾人立時停手退開。藍衫男子卻瞥了眾人一眼，轉身即走。

郭光天揚聲道：「啊！薛先生、薛先生！請留步，還請多多包涵啊！」（客語）

那藍衫男子在門口轉身拱手：「郭員外請見諒，但這蠻荒之地，在下再也待不下去了。待收拾好行囊

家當後，我就回故鄉去了。後會有期。」（客語）

說罷，頭也不回地快步離去了。

只剩儒生一直低頭躬身呆在當場，待郭光天走近時才苦笑搖頭挺直腰桿。

此人年近二十，一臉濃濃的書卷氣息配著略見蒼白的肌膚，俗氣圓框玳瑁眼鏡，在這男子的臉上竟顯得風雅。綁著辮子，又不像當時男子般剃光前額。加上身著儒裝，手持摺扇。

似乎是個書香世家子弟。

但深邃的五官輪廓和比中原漢人更大而漆黑明亮的眼眸，說明此人有在地部落的血統，只是單看其身形，又比一般漢人男子更為秀氣俊俏。

英家老爺眉角一揚。

這男子在一席書生儒裝之下，也藏不住極具爆發力的肌肉，而且呼吸吞吐勻長、移步重心穩定。在柔弱偽裝下，肯定有驚人藝業。

英家老爺忍不住盯著此人，心想：「剛剛沒注意到是個文武全才的年輕人！如果將來要替英娜找個好丈夫，就得找這種人。」

只聽郭光天對此人說道：「賢侄抱歉啊，沒想到薛先生偏見頗深……唉！」

那儒生回禮道：「不！是晚輩僭越了，給光天爺添加麻煩真是過意不去。今天先謝謝光天爺招待。改日再登門拜訪賠罪。」

說罷，拱手為禮，領著眾人退下。

看著儒生的背影，英家老爺對著郭光天說：「好個青年才俊，這是郭員外您朋友嗎？」

郭光天苦笑道：「抱歉，讓您看到這一幕了。還叫囝郭員外嗎？都認識幾年了？還是叫囝郭兄就好了啊。」

英家老爺笑道：「禮多人不怪，英娜、宗傑，快來見過郭伯公。」

英娜與英宗傑一齊道：「郭伯公好。」

童音幼嫩，郭光天聽得好不舒服：「這就是彗兄的小孩吧？幾年前與世侄有數面之緣，直到最近才知道彗兄的事蹟啊。確實是轟轟烈烈！真可惜一代英才早逝，還請節哀順變。」

英家老爺一挺腰桿說道：「世間生死有定數，在此先謝過郭老爺賞識！犬子一生只求無愧天地，至於是非論斷、就任由世間人去談論吧！」

郭光天點頭認同，即令家僕帶小孩到一旁休息。再請英家老爺正廳就座。

坐下後，郭光天令人奉上茶點，更拿出一份地圖：

「自從中興王、朱一貴起義失敗後，原本老夫也認為不會再踏上這海島。但雍正三年時海禁鬆動，開放米糧買賣。當時的府海防補盜同知、王坐梅先生是囝好友，在他的鼎力邀請下，雍正五年時才申請的這墾號『郭樽』，又召集了家族鄉勇共一百零六人來此開拓。」

說著還瞪著眼笑道：「當時聽說有一個英家老爺，武功高強啊，還能降妖伏魔啊！就猜會不會是你？」

「老友你還真找了個好時機開張。」

英家老爺的笑容略見一點揶揄：「在此地開拓肯定與在地番族、部落間多有摩擦吧？不然何必要請海防同知……記得叫尹士俍吧。帶兵先鎮壓龜崙番社？好奪地開墾？你知道因此流傳的名聲並不好聽嗎？」

「借兵墾地的郭光天！」

郭光天苦笑道：「老夫知道世間的人是怎麼說的。但就像現在朝廷為汙衊『中興王』形象，而在民間流傳耳語用『鴨母王』來稱呼一樣……」

說到這，二人不禁一陣沉默。

國家利用流言蜚語抹黑，在中原歷史屢見不鮮。前朝還有陣前抗敵的忠勇將軍，卻被冤枉為賣國賊而死的實例。

多年前，朱一貴在海島南方舉起「反清復明」的大旗。自稱義王，更立國號為大明。

這一次「大明王朝」的起義到兵敗只有短短數月，卻燃起了漢人心中民族再興的希望。於是，北京朝廷故意散播傳言，將朱一貴稱為「鴨母王」，似在嘲笑他只能指揮鴨子。然而，這樣的手段，卻讓被統治的漢族心中更為忿忿不平。因此漢人私下常以「中興王」來稱呼朱一貴。

其實這二人也參加過這場起義，英家老爺更因此而被官府通緝中，只能捨棄本名，用稱號在江湖活動。

若非兒子巧遇舊人，雙方可能到死不再相見。但現在說起這破滅的理想，不免心中一痛。

郭光天：「很抱歉，這話題不好。當年英勇，還是留在過去吧！那同知大人、尹士俍是因為龜崙番社的人在酒醉後殺害漢人，並非來幫囝。不過世人要誤解，也由得他們去。而且……當年這事和您也有些關係。」

英家老爺：「和我？」

這一次的會面是郭光天請託的，難道和這番談話有關？

卻聽郭光天說道：「但這和今日的主題無關，也請老朋友您寬容一下，先別追問當年的情況，囝一定會在適當的時候告送您實情啊！但不是今日……」

英家老爺聽了只報以會心的一笑。人在江湖、身不由己。有一些秘密也無可厚非！

「回到正題上來吧！」

只聽郭光天續道：「這裡地面北抵八里坌（parrigon）、龜崙（Kulon）以及坑子（khenn-á）三大部落。南方則越過霄裡（Xiaoli）和淡水廳（今日新竹）相望。本人，漳州郭光天！就在這塊地面上與萊崁（Lamcam）一族訂下契約承租土地，並取得墾號。至今辛勤開拓十五年。雖說是富足，但若真的想飛黃騰達！老友啊……」

郭光天表情嚴肅地說道：「囝想挑戰禁山、海禁！」

聽到此處，英家老爺如遭電殛。

康熙二十三年（一六八四）所頒布的「渡海三禁」，不但規範漢人來這海島的資格與限制，更另行頒布禁山令，嚴格限制漢、番之間的交流與活動區域。（註：但到此故事發生時，已歷時四十五年，相關規定鬆動早是事實。）

郭天光展開地圖：「說到梅花鹿皮以及水鹿皮，以前紅毛人（荷蘭人）曾一年售出十五萬多張。現在北部交易都由竹塹獨佔、絕大多數由竹塹港（今稱新竹舊港）以及紅毛港（位於今新竹新豐鄉）出口、但是啊……」他指著地圖上位於南方崁口處的幾處港口：「「現在開拓的港口已能容納快船。囝ㄟ船甚至可走俗稱大北的航道，北上天津府（今天津）市場，或溯江直通江陵（南京）。如能直接交易皮貨、再請到高手皮師相助硝製，將來一張皮件獲利可達目前的數倍以上。去年起就此構想，組成使節團，數次走訪角板山（今復興鄉）等地部落。甚至前進到竹塹內陸的尖石岩（今新竹、尖石鄉）。對於交易一事各部落回應熱絡。」

說著郭光天臉色忽地一沉：「但十三日前一行六人卻在大姑陷（今日桃園大溪）的邊緣遇害。全身佈滿傷口，首級全被砍掉。」

台灣小事典

早期的漢人開墾早期紀錄

漢人最早的紀錄是西元一六六一年、明永曆十五年。

鄭成功的軍隊征伐北部，在桃園一地駐紮。眼見比人還高的蘆草覆蓋、隨風起伏下猶如斑斕老虎潛行。於是稱此地為「虎茅庄」。

據信當時士兵有攜帶被尊為五路財神之首的武財神、趙公明神像。卻忘在當地。晚間發出異光，被當地居民認為是神蹟。因而建立茅廬祭祀。這一段紀錄並未明確指出當地居民，是漢人或是當地部落居民。但依時間和地緣關係推測，極可能是南崁社（文中的萊崁部落）居民。也幸虧有人照料。二年後（西元一六六三年、明永曆一七年）千總、蔡先熙回到當地建造較正式的茅屋，並奉請武財神鎮守。直到乾隆十年（一七四五），才正式建廟並命名為元帥廟。在今日（二〇一六）已改稱為五福宮，是桃園最早漢人古廟。

由這時間點（西元一六六三年、明永曆十七年）開始，便正式有漢人在這地區活動的紀錄。有小規模農莊，也有士兵駐守。值得一提的是，直到雍正之前，也沒有漢、番衝突的紀錄。本人認為，這與元帥廟的信徒、遍及漢人與南崁部落居民有很大的關係。

正式紀錄雖然不多。但在台灣府三縣圖（康熙二十三年、一六八四）、台灣府志總圖（康熙三十五年、一六九六）、和台灣輿圖（雍正元年、一七二三）都有標明南崁社在內的部落番社，也可佐證當時漢人與部落間的互動。

未來的展開與怪女孩

聽聞使節團被殺，而且全被斬首。英家老爺細看事發地點說道：「是否部落間為爭奪利益、出草殺人？」

所謂出草，可說是部落間為了爭利、顯示力量或護衛地盤所作攻擊行為，部落間常有取人首級的行徑。

只聽著郭光天答道：「一開始也以為是遇到出草。但十日前再派出搜查隊，卻也在該處遇害，和之前遇害的人一樣，晚間失去聯繫，再找到時一樣全身都是傷口、沒有人頭。這次發現的早，屍體還未被野獸、蠅蟲破壞，確定這些傷口是咬痕……人口的咬痕啊。」

英家老爺心跳不由得加快，魑魅魍魎的世界……就與他有一絲斷不了的緣分。

郭光天續道：「這次啊，由於地點接近剛剛您看到的薛啟隆先生住所……」

英家老爺：「薛啟隆？剛剛那個無禮的粵佬，是水脈先生薛啟隆？」

郭光天搖頭苦笑：「還請見諒，雖然薛先生學富五車、精通地理。但也有些漢人自以為是的毛病。」

「又不是有五千年歷史，人口又多就能自傲自大。這個……」英家老爺說著手指彈了一下辮子笑道：「最後還不是被人打下來？雖說『漢流弟子滿天下』……」說到這兒，卻忽然停頓。

原來「漢流」這名詞也通「漢留」，指的是當時遍佈中原，無時無刻計畫著推翻滿清皇族，恢復漢人天下的秘密幫會。當然，在漢族間被視為民族義士，而皇帝就視為反叛幫會了。

但重要的是，這二位老人過去都和這江湖大幫有很深的牽連，但也都放棄了復興民族的號召，而走上不同的道路。二老不由得會心一笑，還是將這段黑歷史封印在過去吧。

英家老爺：「之前還在江湖幫會間宣揚『胡人無百年之國運』，現在看來滿人的國運勢必延續百年，連漢流的總會裡，也有一部分人不諱言地要公開投到滿人皇帝麾下了。」

郭光天點頭道：「啊！這団也聽說過，而且他們還四處召集人手，已有傳說要另立門戶為『青』，一方面與滿人國號呼應，而且與會裡的對外稱呼、洪門對照。打著國家和諧的口號，會裡也處理不了。」

英家老爺忽然想到，傳聞這批人都是在走船運為主。郭光天的事業，很大部分在船運港口的開拓上，會有這方面的消息，甚至與這批人有接觸也很有可能。

郭光天喝了一口茶續道：「嗯……言歸正轉吧。十日前搜查隊在大姑陷遇害，離薛家宅所不過半哩。據他所說，在夜裡忽然氣溫急降、烏雲遮月。於是薛先生緊急召集家人躲到地窖避難。只聽到四周充滿人類哀嚎之聲，待早上怪聲退去後出來一看。所有家禽啊、家畜啊、都已被咬死。大駭之下，薛先生立刻到張路寮（今桃園平鎮）的汛兵駐軍那裡求救。」

英家老爺問道：「張路寮那邊怎麼說？官府汛兵有去查過嗎？」

「那些兵三年一換。還真像是魚，汛來汛去！」

郭光天一臉不滿的表情說道：「與張路寮的守兵詢問後，才知道他們剛好在那段時間也有二個巡邏隊失蹤！包含一位十兵長。由於快到輪調時期，目前除了往淡水廳（在今天新竹）通報外，已拒絕再深入調查此事，也不再派兵夜巡。說穿了根本沒膽啊！」

英家老爺回憶地形位置，問道：「張路寮那邊應可監視山區番族，卻什麼也沒發現？」

郭光天遙遙頭：「向龜崙（今桃園龜山）、黃泥塘（今桃園龍潭）平番查證後，已推翻出草這假設。剛剛那位儒生，就是霄裡社通事。」

英家老爺吃驚更甚：「他是知母六？霄裡社首領、知母六？聽聞這人統帥過千戰士，震攝四方熟番、生番，沒想到卻是個書生樣的年輕人。」

郭光天道：「知母六曾獨立獵殺山豬、巨蟒，可不是一般文弱書生，有此人坐鎮啊，附近生番都不敢再向此地出草。但這幾天卻一反常態，四處派人通知示警，說是族中巫師感應到有妖氣，要所有人晚上不要外出。」

英家老爺問道：「剛剛知母六過來是來示警的嗎？」

郭光天回應：「不是！他是聽到薛先生在囝家作客，特地來拜訪想邀請薛先生一同開鑿水圳，豈知……」想到剛剛那一幕、郭光天搖了搖頭，繼續說道：「四日前囝請高手僧人、道士與本家護衛前往該處驅妖。但入夜後卻再次出事。一樣無人生還。現在晚上沒人敢再過去！」

二人一陣沉默，郭光天說著眼神越發深沉：「老友啊……這裡有妖怪！」

「斬妖除魔，是我輩的責任！」英家老爺一挺腰桿說著：「讓我準備一下，今晚就前往大姑陷斬妖除魔！」

郭光天忙拱手道：「感謝老友您的幫助，但不急著在今晚，這裡也召集了護院壯丁與您同行，明天一早就會集合。老友啊，我的酬金絕對讓您滿意。但是……」

郭光天頓了一下，以最誠懇的眼光望向英家老爺：「老友啊，請容在下問一句……自慧兄去世後，您一人辛勤守著幾分田地照顧孩子，可有想過讓二位小孫子過寬裕一點的生活嗎？」

英家老爺不禁苦笑說道：「自媳婦、兒子相繼過世後，一個老頭照顧二個幼子的辛苦，實在不足為外人道的。」

郭光天：「英家老爺的能力沒人可以懷疑，但是……恕老頭囝直言。老友您有想過再過幾年，二位兒孫的生活嗎？依舊讓二位雛兒守著幾分田地勉強度日嗎？這裡……」

郭光天一隻手指不斷在地圖上畫圈圈。

英家老爺仔細一看。郭光天所指之處，在虎茅庄西南方下。

只聽郭光天續道：「那片地長滿一種比人高的蘆葦草，現在僅有幾戶人家以此蘆葦蓋屋而居，因此名為蘆竹厝（現在桃園蘆竹鄉）。此地目前是由在下墾號向萊崁部落承租開拓，是虎茅莊與港口面對內地的門戶關鍵。老頭子想將這塊地的權利交給你。」

英家老爺呆了，只聽郭光天繼續說著：

「囝知道您是私戶（註：沒有戶籍的黑戶，私戶是一種比較有禮貌的稱呼），但可透過囝的關係來打通關節。在『一田二主』的制度下，您改個名字放入地契中。先委屈一下，在文件裡當作是熟番歸化漢籍，如此就有了合法的戶籍與身分。耕作的人力先由囝墾號出面，從對岸招來單身的工人，也就是俗稱的羅漢腳耕作即可，待文件、地契齊備。說得較遠些……即使您老先去，兒孫也可繼承下去，過著衣食無缺的日子，比現在需要一邊擔心官府查察，一邊看天吃飯是強太多了。這樣，囝也可以放心虎茅莊與港口的安全。」

英家老爺聽著不覺渾身發抖，因為自己參與過二十六年前的朱一貴叛亂。於是隱姓埋名，只以假名在江湖活動。

過著擔心官府追捕的日子，自己身後的事一直是心裡最放不下的。若真如郭光天所說，可說擁有整個地區的開發權力，那真是為子孫後代打下安穩根基。

只聽郭光天誠懇地說著：「我們並非普通朋友，而且英家老爺四字威名遠播。囝是不敢用老闆的姿態對您啊。您意下如何？請考慮後回覆囝吧。」

是夜，郭宅設宴款待。

光天大老爺的排場當然不小，同時還邀請四周仕紳。

當然，這也有郭光天的算盤。聽聞一代江湖奇人可能與郭樽合作，讓支持者也信心大增，又可讓英家老爺看到未來的願景。

郭家僕役眾多，大宅大院，即使是安置英娜姊弟的客房，也比之前住的農舍要寬敞。英娜哄弟弟英宗傑睡下之後，打開了隨身的行李。

首先映入眼簾的，是一疊疊的書冊和手計紙。

英家數代皆精通玄學與五行數術。可惜在那時代的觀念是「女子無才便是德」。因此，英娜母親非常反對讓英娜讀書識字，還得到英家老爺的支持。還好有父親肯抽空教授，讓英娜耳濡目染之下，自小展現天賦。不過現在……

「爸爸對不起囉，今晚先和媽媽報告。」

收起書紙，拿出一個漆器小盒，裡面裝著女孩子用的化妝用品、眉筆、石黛、鉛華、香粉、唇脂、一應俱全，蓋子底藏有一塊小鏡。

這漆器方盒在英娜小的時候常被母親拿出來，給英娜畫著玩。雖然家境不算富裕，但偶爾父親會在除妖後，向委託人拿一些粉妝補充。

「等英娜出嫁，就替妳畫一個漂漂亮亮的妝。」

可惜願望沒有達成，母親就去逝了。

「媽媽，我們來到了好漂亮的地方。」

合著掌向著母親遺物默禱，似乎可和早逝的母親意念相通。這是英娜這幾年養成的習慣。

忽然，響起一陣敲門聲。

「對不起，英娜小姐還沒睡嗎？夫人要我拿這件衣服過來。」

原來是郭光天的夫人，差丫頭送禮過來。攤開一看，是一件用上好布料、點綴有繡花的粉紅小女唐裝。英娜小女孩心性，等人一走，立刻換衣試穿。

「嗯，還合身。袖子稍長了一點，但是褲管卻露出腳裸……」

這衣服好漂亮，只是英娜身材屬於長腿的一型，袖子長了還可以稍微縫一下，但是褲管不夠長要怎麼辦？還在思考妥善的方法，腳下卻忽然傳來聲音。

「戴上鍊子一定很漂亮……」

哇！居然有人？英娜真嚇了一跳。低頭一看，卻不由得一怔。

竟是一個大約九、十歲的小女孩蹲在自己腳邊。這女孩五官輪廓比一般人更深邃，標準的瓜子臉上一雙水亮、看似籠罩著一層迷濛的大眼。眼廓、鼻樑卻是立體感十足。再加上身穿身穿的紅底白條紋苧麻布衣，在昏暗燭光下卻反襯出手、腳與臉頰的肌膚一片細膩雪白。

英娜眼看這女孩正用一種羨慕又敬仰的眼神看著自己，忽然想到這女孩衣服並非漢人樣式。

英娜：「姐姐妳是和郭伯公合作的部落裡的人嗎？」

這假設似是合理，卻發現這女孩雙眼直盯，微張著嘴，竟像是看著自己看到癡了。好一會兒她才回神道：「啊！是、是的。我是來這幫忙的。」

態度倒是誠懇，更重要的是，這女孩的聲音非常的嗲。

「嗲」得非常好聽。

「好可愛的嗓音，番族的人說話都這麼好聽嗎？」

英娜一面想一面回應道：「郭伯公用人真廣，可是我這不用幫忙了，謝謝妳。」這個忽然跑進來，又用這樣奇怪的眼神看人的女僕，實在讓英娜覺得有點詭異。此時這女孩又盯著自己稍短褲管露出的腳裸處，忽然飛快地伸手往下一撮，竟將手掌插入英娜腳底與地面之間。

還未來得及反應，那女孩已收回手掌。英娜看見自己腳踝處多了一圈閃爍不定的光芒。

謎樣少女不由得雙掌輕輕覆在嘴前合十，一臉感動的說：「啊！這是高山湧泉旁撿來碎玉。要戴在姊姊……不……小姐妳的腳上才有它的價值啊……好漂亮、好漂亮啊！」

這女孩的聲音不但有如黃鶯出谷，而且聽起來甜甜的、膩膩的、真的「嗲」到一個極限。

聽她稱讚，連英娜都不禁心中一酥。低頭看著自己腳上的寶石腳鍊，更不由得看呆了。

那是十數個稍微琢磨過、形狀不工整卻散發出閃亮反光的小塊水晶與碎玉，被安在果核的底座上，再用有彈性的細藤絲串起。

在燭火映照下，自己的腳看來也變得溫潤且圓滑。

「真的好漂亮。這麼美的寶石很貴吧？」

英娜忽然想到：「不對！這條鍊子只怕可比幾年的工資了。以前聽爸和阿公說過，每一個部落其實都像是一個小國一樣，各自有不同的信仰、習俗、或法律。郭伯公說是合作又不是雇用，說不定這妹妹還是個公主呢！我卻把她當作是女僕了。」

轉頭一看，那個女孩……不見了！

台灣小事典

開海、墾號的建立

在此地開墾的漢人農夫，由鄭成功期就沒間斷過。但大規模的移民，要等到開始用類似農莊制度的「墾號」開墾集團，才真正改變了此地族群間的基本結構。

第一個桃園的墾號是誰？因為「桃園」的行政地理改變，而變得有一些爭議。以二〇一五年桃園市的涵蓋範圍來說，目前所能查到的最早紀錄，當屬在大溪墘槺榔（今桃園新屋）的郭振岳墾號。墾首、郭振掬，原籍福建。康熙五〇年與妻許氏渡海牽居臺南。雍正元年北遷淡水廳大溪墘，業戶報陞戶名為「郭振岳」。

但真正改變了漢、番居民結構的，則屬墾號「郭樽」的郭光天。

雍正五年（一七二七），清朝重新開放與南洋貿易，由於船運與貿易的拓展迅速，朝廷也修改部分法令，放寬台灣開墾的限制。再加上稍早，雍正三年（一七二五）時開放在台墾戶的農作可輸往大陸。依據《東槎紀略校釋》，雍正十年正式發布「搬移眷口令」，已來台男子可接家眷過來，也使得願意渡海到異地開發的人增多。

文中的郭光天便在這時申請了郭樽墾號，率領鄉勇（超狂！不勇敢的不要來）一〇六人來到開墾。

但是並非一定要墾號才能在這地區開墾，也有類似散戶的漢人農民在這地區活動。另外也有些是申請了墾號，卻無法經營的例子。

故事進行時間（乾隆六年，一七四一）可以追尋的墾戶或墾號，大致列表如下（以上並不列出在乾隆後期加入的墾號）：

墾戶或墾號	位置	備註
郭樽、郭光天	大園、蘆竹、桃園	最大墾號
薛啓龍	八塊厝（今桃園八德）	與霄裡社的「知母六」開拓霄裡大圳，灌溉番仔寮、三塊厝及南莊等六莊田地。
黃燕禮	宵里（今桃園龍潭）	
陳氏	坑仔口（今蘆竹鄉坑仔村）、山鼻仔（今蘆竹鄉山鼻村）	
林氏	奶笏崙莊（今桃園市大檜稽）	
范姜三兄弟	竹北二堡（今楊梅）	范姜殿高、范姜殿發、范姜殿章三兄弟在乾隆十六年申請「姜勝本」墾號
汪淇楚、汪仰詹	竹北二堡（今楊梅）	
郭振岳墾號	大溪墘槺榔（今桃園新屋）	墾首、郭振挧。今永安村郭氏的渡臺始祖，生於一六八七年（康熙廿六年）原籍福建。康熙五十年與妻許氏渡海牽居臺南。雍正元年北遷淡水廳大溪墘，業戶報陞戶名為「郭振岳」

爭議點

有關段落中「借兵墾地的郭光天」一事。主要的資料來源如下：

> 清雍正六年，福建人郭天光，呈准福建總督派遣尹士良率兵丁百有六名來此開墾，行至桃仔園之境，見前面山深林茂，恐為野番所困，不敢深入，乃暫駐屯，其後諸番見軍丁四面環集，知不可敵，遂挈老攜幼，遁入東勢山。於是四處平定，天光乃從事開墾。是後又與八里坌社土目萬糖密等契約，收購其社地，自八里坌長頭坑至鳳山崎之野而開拓之。
>
> 《大園鄉志》原文

> 適大甲西社發生「番變」，奉分巡臺灣道倪象愷令，於雍正十年春協同彰化知縣陳同善，辦理淡、彰一切軍需，並接替因番變而被解職之張弘章職位，署理淡水海防同知。隨後奉閩浙總督郝玉麟檄，率兵廓清北路南崁社及桃園之境，以助漳籍墾戶郭光天墾闢該地。十一年，因「辦理軍糈，著有勞績」，經郝玉麟及福建巡撫趙國麟之舉薦，升任臺灣知府
>
> 《郭氏宗族北台移民墾拓史》節錄

《大園鄉志》的時間似乎有誤，對照尹士俍的生平，在雍正七年（一七二九年）才前往台灣擔任「臺灣府海防補盜同知」時間上不對。而且「郭氏宗族北台移民墾拓史」中也註明一〇六名隨著郭光天而來

的，應是同鄉鄉民而非職業軍人。

因此對照後，在小說中採取後者的觀點，並用伏筆手法處理，以連接故事劇情需要。

至於郭光天是否真的借兵墾地？則留待歷史學家探討。

初遇熊之勇者

這一晚，英家老爺並沒有因為舟車勞頓而先休息。反而趁著夜晚施展輕功，孤身直赴出事的大姑陷。

「先偵察再擬定對策，如果方便就先收拾掉！不然一個人要逃也容易。」

畢竟一般人對付妖怪難免有傷亡。自己先偵查清楚。即使還需要幫手，也知道要如何做戰術布置了。

這海島的夜裡總是有一種黏膩的溼氣籠罩，加上植被茂密，往往隱藏有毒蛇蟲。在晚上的野外行動必須格外小心。

但是英家老爺不但連火把、燈籠都不用，還不走小徑，專找茂密的草叢鑽梭。只見他行動不但沒有聲音、不見有晃動叢草、而且速度比一般人更迅速。

英家老爺心想：「漢人都會沿著既定的山路活動，要有魔物想突襲，肯定是埋伏在周遭。」他一邊注意四周比夜色更黑暗的陰影之下，雙腿捷步如飛直可比快馬奔馳，出發向東，很快便經過一片桃樹林。

英家老爺：「這裡便是薛啟隆先生開拓水脈後所種，俗稱『桃澗堡』或『桃仔園』的樹林了吧？那再往前便是目的地。」

不多時，前方卻出現了一塊往下方陷落近百呎的懸崖。月光下看去，崖下似乎是開闊的平地。

「這懸崖記得叫大嵙崁（讀音Tokoan），往下就是俗稱大姑陷（Tatoham）的區域了。那些魔物是在附近獵食嗎？」想到這實在不敢大意，於是將自己的呼吸調節均勻、集中意志，感受在身體中有一股溫暖清泉在流動。

在東方的武學中，這股清泉也稱作內氣。是每個人體內都有的一股看不到、卻能感受的能量。可以通過複雜的呼吸、意志與肉體訓練後，操控這股能量。

現在英家老爺潛運內息，再逐漸將自身的氣場減弱、減弱、再減弱……直到氣息幾乎消失，和周圍的環境融為一體，自信即使有人站在身旁，也感覺不到自己的溫度。

他趴在地上，手腳並用、匍匐前進。姿勢或許不雅，但隱匿性更高。奇的是，英家老爺施展開來，速度竟比得上一般人快跑前進。

沿著斷崖往南搜索不到小半個時程，便發現前方似乎有一隊人馬伏低身形，在黑夜中小心地前進著。

英家老爺無聲無息地繞到下風處，避免被發現氣息之外。也讓微微的山風帶來更多對手的情報。

「微弱的呼吸聲有六人、淡淡的血腥味、酒味，以及長期和獵犬相處所沾上的野獸臭味……」

英家老爺斷定這群人並非漢人，而是附近部落中有經驗的獵人或戰士。

在這裡埋伏的應是先遣的偵查隊，或者是先發的誘餌。後方應有帶著狗的隊伍等待支援。

這樣單看表象，難道這次的事件是部落進行所謂出草的舉動嗎？

沉思了一會，隨即打翻這個推論。

首先，出草雖然是部落的勇士，為了贏得身分地位或捍衛利益所進行的類似攻擊、掠奪的行為。但現在這時間根本沒有可能的出草對象。即使說是想向漢人村落發動攻擊，地點也太遠了。

其次，就算是部落出草，有必要將被害者咬到全身是傷口嗎？

想到這裡，連結今早知母六親自到郭家示警。英家老爺立刻明白：「這一次不只漢人，連番族部落都有受害者！這群獵人也在這裡等著要殲滅魔物。」

還要進一步猜想，卻發現月光裡有些許異樣黑點。依多年經驗，他知道必是魔物偷襲。有信心隱身技巧沒被發現，敵人絕非針對自己而來。眼前番族戰士卻將注意力全放在地平面上，完全沒想到威脅竟是來自空中。

要提醒他們嗎？這樣一來可能連自己也成了魔物攻擊的目標。而且躲著不動的話，不就能看清魔物的樣子了嗎？

種種揣度墮心中一閃而逝！魔物從天而降的速度壓縮思考的時間，英家老爺只能隨著內心的本能動作。

「注意上面！」

英家老爺大聲提醒，也不管這些獵人是否聽懂。雙手猛然按地爆喝：「奇門土行借法——石彈沖天！」

奇門遁甲號稱由皇帝時期開始流傳，以奇、門、遁甲三大概念組成。英家老爺所師承的一脈，更進一步悟出能探知、控制「水、火、木、金、土」等號稱「五行」的五種能量的流動，進而借取力量的奇術。但到了英家老爺這一代，只剩能控制大地地脈的土行法術，其他的都已失傳。

現在英家老爺驅動地脈之力，將大小如人頭的石塊抛向空中。居然在半空也撞上大小如人頭的……不對！居然是真的撞上了人頭？

半空飄下來的，竟然是半腐敗的、帶著傷痕的人頭！

英家老爺立刻想起，之前的遇害者人頭都失蹤了。現在看來並非被人砍掉，而是自己飛走了。

前方番族戰士一看，也是驚駭莫名。一面拔出番刀自衛，一面大叫同伴支援。但一瞬間，約莫十數個飛人頭已殺到眼前。還張開已斷裂、黑血斑斑的利齒咬下。

「石彈、碎！」

再一次打出土石彈，卻運使法力在半空爆碎。一片碎石亂射也將眾飛行妖頭打得好不狼狽，可還是有三顆漏網之頭突圍殺到。

番族戰士迅速拔刀砍去。四人合力截下一顆頭，被亂刀砍中的妖頭立刻化為塵埃。這邊另一顆妖頭半空一翻，就要對著戰士後頸咬下！一道秉烈刀氣劃過！險險將之一刀二段。轉身一看，卻是英家老爺抽刀來救。但是……最後一個戰士卻來不及了。

突襲的妖頭狠狠咬斷那番族戰士的喉嚨。鮮血狂噴之際，英家老爺一刀砍掉了這飛妖頭。那戰士的同伴們也立刻上前檢查救助，但眼看已回天乏術。

天上卻怪叫連連！剛剛被亂石稍阻的妖頭，再次重整態勢撲下。

忽然間簇箭破風齊射，一旁更響起呼喝聲與狗吠聲。是番族的援軍到了。原本這六名戰士就是擔任誘餌的先發斥候。現在敵人現身，主隊立刻展開攻擊。幾株火把一燃，隨即往飛妖頭的方向丟去。雖然沒有命中妖怪。但只要火光照到，羽箭便立刻集中射去。一轉眼近半飛頭已中箭湮滅。

英家老爺一柄鍛打剁刀長僅一尺三，雖說是短兵器，但利於防守全無破綻。被二顆飛妖頭顱圍攻也全然無懼，反而抓住機會一刀先削去其中一個的天靈蓋。同時一腳重重踏地：「奇門借法——石柱！」

憑空急速隆起的數根石柱，更立刻將幾個飛人頭下巴轟得粉碎。餘力更將妖怪也打飛天際。

一回頭，卻見一條白頭青蛇在月光下吐信？

蛇首過處，剩餘的妖頭都被刺穿消滅。仔細一看，卻是一名身材魁梧的男子，手持一人半高的白鐵綠竹尖槍。一股身經百戰的氣勢，明顯是這群人的領隊。雖在黑夜中，英家老爺仍感覺到對方打量自己的目光似乎也有某種實質的力量。

在妖怪盡除之後，救人的反而成了被包圍的對象。

想起剛剛藉著火把驚鴻一瞥的印象，再加上這個地理位置。英家老爺於是說道：「庫嘎依皮酥。」

（註：原音為Kun gal pyung su）

這是阿泰雅族的語言，意思為「我是你們的朋友」。

英家老爺在這海島居住多年，對於島上各族的語言習俗都有涉獵。推測這一代區域，應該是屬於阿泰雅族的可能性最大。但阿泰雅族也分成好幾個語系，是否能被對方接受還很難說。

只見這領隊叫手下點亮火把，一聽到對方說話，英家老爺立刻證實剛剛的推測無誤，立刻再用阿泰雅語說道：「拉瑪嘛庫嘎英家老爺。」

（註：原音為Lalu ma qu ga，英家老爺，意為「我的名字是英家老爺」。後文將做直譯。）

一邊收起武器一邊用阿泰雅語說：「我是從海邊過來的漢人。請相信我是你的朋友，不是妖怪。」（阿泰雅語）

那領隊也用阿泰雅語回應：「海邊？是郭樽的戰士嗎？」（阿泰雅語）

知道郭光天？那事情就簡單了。英家老爺連忙回答道：「是的，我是郭樽請來收拾妖怪的戰士。」（阿泰雅語）

這時火光一亮，卻讓自認見多識廣的英家老爺也不由得一怔。

原來這些本隊的獵人還分成二隊。一邊與原來的斥候一樣，是身穿阿泰雅族傳統白衣、外罩著紅色腹巾，有些人身上還戴著象徵獵人的豬牙或獸骨的飾品，也有些人牽著這海島土生的短毛鬣狗。

連著領隊在內的另外四人則截然不同。

皮膚和布料不但已先用爛泥沾過，完全遮去人的氣息與溫度，還特地用本地的樹葉植物點綴，這幾人身上還刺有帶著一股煞氣的紋身。

英家老爺知道阿泰雅的習俗。男子必須在打獵或戰場表現出色才能在額頭和下巴或手腳和胸前刺青。成功獵頭多次的人，將在部落中被稱為「濱塔可布曼」。（原音ngarux na tayal，意義為「熊之勇者」。後文以原意直譯。）

但要能獵取十個人頭，才能在部落長老與親族見證下，於胸前刺上左右對稱的胸紋；必須要獵二十個人頭，才能再有一對左右對稱的紋胸。最高的地位是左右有三對的紋胸，是真正勇士的象徵。

那領隊不但年紀輕輕便有三對紋胸，還在心口處刺上了象徵祖靈之眼的菱形紋。

英家老爺心中暗自警惕，這人絕非一般戰士身分。被稱為「蘿拉科」（讀音rpziq）的菱形紋飾，雖然廣泛地使用在阿泰雅族的服飾織紋上，代表著祖靈的眼睛，但被紋在這獵人胸前必有特別用意。

「達吉斯・都奈！」（讀音Dakis・Domay）

達吉斯・都奈手指自己報出姓名後下巴一揚，用阿泰雅語說道：「今晚不要你的人頭！回去告訴郭樽，我們不想『沒他巴計』。」（「沒他巴計」原音mtbaziy）

這句話至為重要，一下沒聽清楚地英家老爺只好小心求證：「沒他巴計？」

達吉斯・都奈一副不耐煩的樣子：「不想鹽巴換鹿皮！」（阿泰雅語）

這下英家老爺確定，是阿泰雅人所說的一種以物易物的買賣。心想：「郭光天這老朋友竟想用鹽巴去換鹿皮？算盤也打得太精了吧。不管了，今晚先這樣回去傳話就是。」

但才想開口，腳下忽然傳來一陣莫名感應，趕忙大喝一聲：「烏來！」（原音ulai）

「烏來」是有毒或危險之意。達吉斯・都奈為首的六個獵人一聽，立刻擺出架式，聽後方傳來慘叫！

一轉頭，後方站的較遠的一個獵人竟然一面掙扎，一面被抓上半空？仔細一看，是幾顆人頭以草叢為掩護發動了奇襲。達吉斯・都奈想救，那獵人已在半空被分屍。

同時後方更傳來異聲！英家老爺忙搶了火把甩去，更是怵目驚心！火光照映出無數人頭遍及山野！正一個個、一小群一小群的往這邊殺過來。而四周草叢更發出鬼叫聲，眾人竟在不知不覺中已被包圍！

這時左側傳來示警之聲，原來已有妖頭飛到近距離展開攻擊。除了那為首幾人之外，其餘獵人的武功明顯不足。達吉斯・都奈立刻撲上解圍。但右邊也傳來一聲慘叫，一名獵人不防之下，被偷襲的妖頭咬掉半顆頭顱。

「奇門借法——土牆！」

英家老爺重重踏地，法力到處，地面隆起一面一人半高，長逾十數尺的土牆。於是用阿泰雅語大喊：「到牆邊！大家撐住一段時間！」（阿泰雅語）

達吉斯・都奈也是身經百戰，立刻會意。喝斥手下聚集到牆邊時，第一波妖怪已經殺到。

「奇門借法——土牆！」

英家老爺再施法造牆。這第二面牆略為傾斜，與第一面牆成微妙的角度互搭。

英家老爺心想：「沒時間仔細規劃，能撐住就好。」

「奇門借法——土牆！」

又是一面牆隆起，角度更斜。但飛頭妖一時也無法衝破，阿泰雅戰士紛紛倚牆而戰。雖有掩護，卻仍寡不敵眾，立有死傷。

英家老爺正要推起第四面牆時，二個飛妖頭已直殺過來。正想抽刀抵禦，一支白鐵尖竹槍卻先一步刺穿二顆頭顱。

達吉斯・都奈大吼：「快點！」（阿泰雅語）

此時同舟共濟，英家老爺也不多說，一面急忙施法搭牆。總算在搭到第六面牆時，蓋出了一棟歪七扭八、但能將妖怪隔絕在外的土堡。幾隻飛頭妖也被關在裡面，達吉斯・都奈槍出如電給料理了。英家老爺沿牆連跑幾圈，用土行法術堵上了牆間隙縫。

內裡立時一片漆黑，達吉斯・都奈點起火把一看。包括為首四名戰士在內，阿泰雅戰士只有八人逃過此劫。英家老爺聽著外面一片鬼哭狼嚎的叫聲說道：「我們九個就這樣撐到早上吧，希望這些妖怪會怕太陽……」（阿泰雅語）

身邊一人忽然無力的坐下，卻是身上被咬傷多處，失血之下體力無以為繼。

英家老爺：「我來幫你吧。」（阿泰雅語）

說著拿出隨身的銀針，以針灸法替他止血，並伸掌抵著對方背後穴道，一股純正的內家真力便緩緩地傳了過去。

達吉斯・都奈看著這一幕若有所思。忽然，另一人發出了奇怪的叫聲。眾人望向出聲的同伴。只見他一面發出囈語似的呼聲，一面渾身不斷發抖。忽然雙眼翻白，直挺挺地站著一動也不動了。

英家老爺心想：「難道是驚嚇過度，昏倒了嗎？」

只見牠的同伴正要上前參扶，那人的脖子卻猛然斷落！不，是人頭猛力扭斷了自己的脖子！並迅速咬住了同伴的咽喉！

這人頭！竟脫離身體，浮在半空之中！成了妖怪！

英家老爺這下驚覺：「大家注意！被咬到的，就會轉變成妖怪！」（阿泰雅語）

台灣小事典

熊之勇者的胸紋

有關熊之勇者的胸紋敘述，參考二〇一六年台灣教育部、原住民委員會的「台灣原住民歷史文化大辭典網站」，出處：

http://210.240.125.35/citing/citing_content.asp?id=3179&keyword=ngarux%20na%20tayal

泰雅武勇精神

泰雅一族崇尚強大的武士，在過去會進行「出草」的狩獵掠奪行為。出草的戰士會砍下敵人的頭顱，放在稱為 sakaw tunux的人頭架上。通常這人頭架，只會設置在族長（mrhuw）的屋子 旁。架上人頭越多，表示這部族越強大！

獵頭多者會獲得ngarux na tayal的稱號，也就是「熊之勇者」！

紋面／紋面

泰雅傳統上，男女都有稱為ptasan的紋面傳統。

男子紋在臉面的前額及下顎，而女子紋在前額及臉頰，也因此清代的文獻常稱泰雅族為「王字番」或

「黥面番」。

泰雅的戰士如能獵頭十個，則能在胸前乳下刺上橫條紋的紋身一對。獵頭二十個刺二對，如能獵頭三十個，不但能獲得最高榮譽的第三對紋身，而且能獲得「pintaqabongan或pintagaboan」的尊號。

兜擋布裡的小祕密

眼看受傷的同伴，居然轉變成為飛頭妖怪！

異變突起！所有人竟呆著無法反應。直到這新生的飛頭妖，得手將另一名獵人咬死，要轉向其他受害者時。達吉斯‧都奈一槍刺出，曾是同伴的頭立刻化成灰燼。

「被咬傷，就會變成妖怪！」

這下連英家老爺也嚇得渾身冷顫。環顧四周。連著資深的獵人在內，有二人身上有傷。還有手上正幫助的這一個！

怎麼辦?!要先殺了他嗎？但以現況來說，這人沒有任何異常啊！眼看其餘阿泰雅戰士，也都不知所措，畢竟這狀況超越一般正常的人類戰爭行為。

忽然「咻」的一聲，猶如重物以高速飛過！連空氣和土堡都撼動搖晃不已！

「砲擊！」

經歷過鴨母王的戰亂，英家老爺非常了解火炮的威力。但隨即發現不對。似乎沒有一般火炮發射的爆炸聲，或是砲彈落地的震動。只有砲彈在一旁穿射而過的音爆震波。

然而不一會，竟是連珠爆擊！穿射爆波的力量讓整個土堡都搖搖晃晃。英家老爺心中一寒，這土堡絕撐不了多久。同時間，另一位受傷的獵人發出了恐懼與絕望交織的哀號。開始渾身顫抖不已，雙眼翻白……

…………

登——登——登——咚！

登、登、登、登、登、登、登、登、咚！

嗯……還在做夢嗎？又是那八個音符。

英娜還是知道自己在夢哩，卻感到聲音比以前更加清晰，才想著：「似乎是來到郭家地面後，就越來越清楚。應該要問問阿公？」

但思念一動，所想之意卻與音階結合。

公（Kang）——公——公——公！

公、公、公、公、公、公、公、公！

接著每一音節卻又產生微小變化。最後將公（此為方言發音，故用音標Kang表示。以下同）

公（Kang）——廣（Kóng）——貢（kòng）——國（Koh）！

狂（kông）、狂、廣（Kóng）、廣、廣、廣、往（óng）、往、往、咯（khak）！

這……是第一次不只音階，還出現了某種規律的變化。但夢中的英娜卻迷迷糊糊、無法反應。只聽到有聲音說到：

「能聽懂八音的傳人啊，我們不久會見面吧？」

不久，英娜完全熟睡了。

◆

雖然昨晚有那個怪女孩。英娜這一晚睡的實在舒服。結實的大床、寧靜的宅邸、事先薰香的被褥、連防蚊的工作都做得極好。比起老家一到晚上就得聽著各種動物、蛙蟲、風雨的噪音。這裡實在像是皇宮了……雖然真正的皇宮可能更漂亮。門口忽然有人問道：「小姐醒了嗎？請問要打水洗臉嗎？」

英娜嚇了一跳，隨即想起昨晚郭光天的夫人有吩咐丫頭服侍。忙說道：「不，沒關係，我自己會用。」

話出口才想到，有丫頭服務不是很好？自己從沒體驗過，但也沒再呼喚。

眼看弟弟英宗傑還在睡。英娜所幸快手換裝後，便閒逛到大廳，卻被眼前的狀況嚇了一跳！

英家老爺回來了，帶著達吉斯・都奈和另一位阿泰雅獵人，其中一個還受了重傷。

重點是……這幾位獵人大哥……沒有穿褲子！

確實，達吉斯・都奈和同伴，都穿著長衣（泰雅語lukus）、袖套（泰雅語quzit）。但下半身卻只圍著腰帶（泰雅語habuk）和兜擋布（泰雅語buzyul）。重要部位若隱若現，反而讓英娜震驚之餘，想像力忽然無限發揮！明知道盯著看不對，卻一時無法移開眼睛。

但是……

英家老爺的注意力卻在別處，沒有顧及到孫女的狀況。

「這位仁兄昨夜逃過一劫，這應該就是原因。」

在妥善處理獵人傷勢後。英家老爺拔起用來止血的銀針，尖端已被染的一片烏黑。英家老爺拿近鼻子一聞，皺著眉頭說道：「銀器本就有辟邪的作用，這位仁兄的運氣實在很好。」

昨夜在土堡中。

另二個被咬傷的最後都無法抗拒異變。但是達吉斯・都奈一直忍到最後一刻，直到確定同伴都成了妖怪才出手。

不過被英家老爺幫助的獵人，卻一直沒出現異狀。

而外面的巨響震波也沒停過。經歷戰場的英家老爺更是心生恐懼：「如果不是大砲，就是投石機或強弩一類。不管哪一種，這土堡都無法撐住。」

一時間也想，是否用法術挖地道遁逃的方法。但手上這一個別說是否會產生異變，要是停止內力輸送也等於是宣判死刑了。

就在猶豫不決時，呼嘯聲突然停了。

耳聽外面一片寧靜，倖存者反而更緊張的等待狀況發生，幸而真的沒有進一步的狀況。快到天亮時，達吉斯・都奈用竹槍刺穿土牆窺探。確定外面沒有敵人後，英家老爺也解除法術。只見周圍樹倒草掀一片狼藉。但除了罹難者的遺體外，連妖頭的殘骸都找不到。

英家老爺於是說明自己應有辦法救助這個受傷的獵人。

同行的阿泰雅獵人則不斷勸阻，要送人回去給巫醫救治。

達吉斯・都奈說道：「昨夜沒這漢人幫助，我們都被妖怪咬死了。大巫醫在角板山反而更遠，就接受漢人的幫忙吧。」（阿泰雅語）

果然明理！

達吉斯・都奈考慮後，決定讓其他同伴回部落報信，自己與另一位獵人和英家老爺一同前去。這舉動倒讓英家老爺對達吉斯・都奈的好感更增：「其實不只漢人對番族有莫名歧視，番族對漢人也諸多防備。但這達吉斯・都奈能先以同伴安全為優先考量。光這一點都非常值得讚賞。要是英娜以後要嫁人……。」

想到這裡自覺不對打住。雖然英娜還小，但這時代女子十幾歲出嫁是常態。尤其兒、媳早逝，英家老爺對這孫女更是呵護倍至。造成現在只要看到不錯的對象，便在心中亂配對。當然自己也知道是妄想的成分居多，倒是沒和任何人說過。

英家老爺自語道：「人品、武功俱佳。可是英娜應該過不慣部落生活，還是免了吧。」

郭光天：「老友你在說什麼嗎？」

英家老爺：「啊！沒有啊……我在喃喃自語。」

清一下喉嚨驅逐雜念。再檢查替換的銀針：「銀針不再變色了，我們可以假設這位朋友的餘毒已清到一個程度。但希望能留下觀察。在郭家的倉庫中藥物也很充足，就先讓這朋友在此住上二天您覺得如何？」（阿泰雅語）

只聽著那同行的阿泰雅獵人持續抗議著，不能留在漢人的地方。

最後是達吉斯・都奈不耐煩起來，乾脆下令叫他回部落傳話。這獵人百般無奈，臨走前還警告絕不可以對同伴不利，不然必會帶戰士報仇云云。

英家老爺：「你都不擔心嗎？」（阿泰雅語）

達吉斯‧都奈：「要害我們，就不用幫助我們。倒是我的族人有些心眼很小，應該是我需要道歉才對。」（阿泰雅語）

這段對話，實在讓英家老爺對這戰士的好感度飆升到極點。

安頓好傷患後，僕人告知早餐準備好了。雖然還早，但郭光天想這幾人一晚奔波，要廚房多做了幾樣肉食並預備了白酒。達吉斯‧都奈也不用筷子，直接用手抓起肉就放入嘴中，更不客氣地將白酒也喝到一滴不剩。雖是粗野卻顯豪邁，英家老爺與郭光天更是豪不介意。

酒足飯飽後，達吉斯‧都奈便站起說道：「有關這個妖怪的真面目，必須和你們說一下。」（阿泰雅語）

這阿泰雅族的熊之勇者，一臉無奈地說道：「可能是我的哥哥所為……」（阿泰雅語）

◆

慌慌張張逃離大廳，英娜趕忙搓揉自己發燙通紅的臉頰。自從母親過世，英娜也常常幫著弟弟洗澡。並非不知道男生和女生有何不同……所以……所以……

哇！不能一直想著那種地方啦！要趕快轉移自己的妄想才行！

「逃避現實吧！」

一回到房間，弟弟英宗傑還在睡。想拿出那漆器小盒和母親報告（或求救？），才發現桌旁的窗戶卻是開著的。

英娜心想：「是昨晚就開著嗎？怎麼沒注意到？」

正覺奇怪之際，走向前去想關窗，卻發現窗前正對著一株大榕樹。上方樹枝有一抹紅色似曾相識。心念一動，英娜跳出窗外。爬樹這點功夫是難不倒鄉下女孩的。而在樹枝上捲著睡覺的果然是昨晚的那個女孩子。

英娜心想：「再看一次，還是好漂亮啊。」

的確，昨晚在燭光下還看不出來，現下陽光一照。這女孩白裡透紅的肌膚，與烏黑亮麗的長髮，對映著部落才有的特殊紅染織布，簡直是色彩對比分明又調和的饗宴。再近距離觀看，更發現這女孩的睫毛也長得微微翹起。手、腳趾頭的指甲更是特意修得整潔乾淨。而且雖是赤腳、腳掌卻又嫩又揉，沒有一般打赤腳的人常有的硬皮。

英娜看著這女孩，真是越發感到不可思議，忽然想到：「不對！我在這看著人家睡覺幹什麼？而且也不能睡在這裡啊！」

於是在她耳邊叫道：「喂！起來了。別一直睡在這裡啊。」

但是對方只動了一下就沒反應。在半空樹枝上也不敢大力推她。用手掌輕拍那女孩的臉頰：「起床啊……別不小心由樹枝上跌下去了。起床！」

卻見那女孩喃喃自語不知說著什麼？居然能在樹枝上翻身，只是……只是……這一下翻過來，怎麼看見這女孩褲子跨間隆起一塊？高高的、聳立著……

「今天，是和這陌生的東西很有緣嗎？」

英娜的世界忽然開始搖晃，發現不對時、已頭下腳上從樹上摔下！

台灣小事典

淺談泰雅族

雖然在起源一說上有所爭議，泰雅族在台灣可考證的活動歷史，可回朔到西元前三千年左右。在一些考古學者的研究中，泰雅族極可能是台灣最古老的族群。其分布區域遍及台灣北部山區。二〇一五年時人口約八萬六千多，是台灣第二大原住民族群。

雖然因為現在（二〇一五）拼音系統的關係，而大部分都使用「泰雅（tayal）」一詞。原意為「真人」或「勇敢的人」。

百年動盪的前夕

「我的哥哥，達利・都奈（Dali・Domay），比我還年長五歲。」

達吉斯・都奈說道：「當時父親都奈・伯斯（Domay・Pous）接受其他部落的委託。要帶隊討伐被人們稱為哈莫尼（mahuni）的邪惡女巫師。」

這場解說，由英家老爺權充通譯。也在一旁用漢語替郭光天提醒一些細節。

英家老爺：「阿泰雅族的名字後面，冠上的是父親的名字。都奈（Domay）是他們的父親名字、不是姓氏。」

郭光天點頭了解，忽然說道：「老朋友你問問他是從哪個部落來的？」

一問之下，達吉斯・都奈回答：「克斯卡本基」（讀音為kska’bengi）

這下英家老爺倒犯了躊躇。阿泰雅族將白天和夜晚各分成九個時段，這單字正是指半夜的意思。實在文不對題，英家老爺於是再確認一次，這達吉斯・都奈也露出不耐煩的表情又回答一次。

英家老爺心想：「說不定是不想說吧。算了，就這樣和老友說明吧。」

沒想到郭光天一聽，卻倒吸一口涼氣：「黑夜部落！他是黑夜部落的戰士？」

原來這時代在大姑陷活動的阿泰雅族部落中。最令各族戰士膽喪的便是一支只在半夜狩獵、作戰的神祕部落。郭光天在這開拓已經歷時十五年，對於阿泰雅族各部落或多或少都有接觸。但對這人人畏懼的黑夜部落情報卻是極少。

「如果能拉攏這支所有部族都畏懼的戰士支持。那從大姑陷到角板山，不論做什麼交易都暢行無阻了。」

心中雖然這麼想，郭光天表情卻沒有表現出來。畢竟人家一開始就表明態度不想做生意。郭光天心想：「要小心地找突破口。」

達吉斯・都奈繼續說道：「為了討伐邪惡的巫師哈莫尼，我們出動了最好的戰士。由父親領隊。當時哥哥年紀雖然還小，但已經有狩獵山豬和熊的經驗。因為好玩的關係，就逕自跟蹤在討伐的隊伍後面過去了。」

眼見達吉斯・都奈越說越陰沉。其餘二人知道再下去的發展肯定是一場悲劇。也都不敢催促。而這戰士也再一陣沉默之後再度開口。

「但是哥哥的跟蹤術畢竟不夠純熟，在半途被巫師抓走了。可能是擔心哥哥的安危吧，於是父親要其他戰士先不要行動。只有他自己一人去山上找巫師，看能不能將哥哥救回來。戰士們等到了晚上，卻忽然發現山上失火了！知道出事的戰士急忙趕到山上，卻發現父親和巫師都被燒死在小屋內。只有哥哥一個人害怕的縮在門前。」

又是一陣沉默、氣氛愈加沉重。郭光天正想出言表示安慰時。英家老爺卻問道：「之後達利・都奈發生了什麼事？」

這單刀直入的作法讓達吉斯・都奈臉色霎時蒼白，好一陣子才說出：「哈莫尼、邪惡巫師……佔據了他的身體。」

郭光天嚇得臉色發青。英家老爺卻心想：

「果然如此。通常小孩子抵抗力較弱，也較容易被妖魔所利用。」

「一開始哥哥還全無異狀。」

達吉斯・都奈越說，表情就越充滿恐懼：

「但過了不久，哈莫尼也就藏不住本性了。哥哥的聲音變了、開始喜歡穿著女裝、甚至開始勾引族中戰士。最後只要聽到他的聲音，戰士們就失去了力量。當我們捉住他要讓巫醫驅魔時。那隻怪鳥就出現了！」

說著連這黑夜一族的頭號勇士都打了個寒顫：「和鴿子一樣、但是全身赤羽、只有一支眼睛和一支腳。是我族傳說中的邪鳥！那一天、我也有看到……那隻邪鳥的速度好快，戰士們還沒來的及反應就被擊倒了。有人取來弓箭和網子，那隻怪鳥立刻變成一隻巨大的怪物，還會噴火和放電。最後族長聚集了所有的戰士將被哈莫尼佔據了身體的哥哥和怪鳥趕走。並帶著戰士一直追到溪旁……他們說那隻邪鳥最後被打回原形逃走了。而哈莫尼則跳到了溪水中。之後……就再也沒有人看過他了。」

氣氛再次凝結，這次是郭光天打破沉默：「剛剛說的地點，就是我們漢人稱為大漢溪、你們說的大姑陷溪吧？」

達吉斯・都奈點了點頭：「是的、這次的事情就從大姑陷旁的部落開始。整個部落全部遇害，屍體身上都是傷。而且不只被害者的頭顱，連『撒卡屋都怒』（sakaw tunux）上的頭顱也不見了。」

英家老爺一下不解「撒卡屋都怒」的意思，再確認之後才知道是阿泰雅族放置所獵取頭顱的「人頭架」。通常被設置在族長家旁邊，人頭架上的人頭越多，往往代表這部落越強盛。

達吉斯・都奈：「所以這次消息一傳出，我們立刻就想到是不是有妖怪，甚至可能是那哈莫尼還活著。」

越聽著敘述，英家老爺臉色越是凝重。郭光天卻是心想：「連阿泰雅也全族皆滅，我這老朋友卻能救人回來。找他來果然是沒有錯啊。」

「如果、如果真是哈莫尼……」

達吉斯・都奈這頂尖戰士再也壓不住情緒，咬牙切齒喝道：「我要替我父親和兄長報仇！」

……

「你不用這樣道歉啦。」

英娜坐在窗外的樹下。一面撫著頭上的腫包，一面看著眼前這位。幾乎是用五體投地的姿勢趴在自己腳前，還不敢抬頭想乞求原諒的……

英娜忽然想到：「喂、你到底叫什麼名字？」

只見這女……不、男孩子，聽到問題後。才敢慢慢的、膽怯的抬起頭來。還一臉要哭要哭的神情。

即使還沒得到答案，英娜卻已不耐煩地罵道：「男生耶！怎麼那樣愛哭？羞羞臉！」

沒想到這一罵，對方卻真的哭了。抽抽噎噎地說道：「人家是女生嘛。」

看著眼前這人，實在是像個嬌柔的小女孩。害的英娜又想不顧頭頂腫包，先去摸摸這小女孩的頭安慰一下再說。可是……這到底是？

英娜左想右想，乾脆直接一把往對方下方抓去。

軟軟地一坨……還伴隨著對方極端嬌柔的抗拒聲……不過倒不是英娜不放手，而是突如其來的震撼讓腦筋足足停擺了十多秒。直等聽到哭聲才回過神來。

一縮手，忽然想到：「曾聽說有些人家會在男孩小時候，把他當作是女孩子來養。說不定部落也有這習俗說……」

嗯……是沒求證啦。不過想到這裡英娜就先調整了自己的態度。壓下手上噁心的感覺，就先忙著安撫這個……應該是男生吧？

「乖乖優、姐姐不是想欺負妳啦。」

雖然一面安慰，但心中其實一面暗罵：「真不知道他的家人是什麼樣子？居然教出這樣的小孩。」

這絕對和家教有關吧……

不過眼看這傢伙縮成一團、露出悲傷的表情。最後英娜也不忍再苛責：「好啦，不要哭了。告訴姊姊妳的名字好嗎？」

「達……姊姊請叫我阿麗。」

英娜：「好、阿麗……妹妹」（真的需要考慮一下稱謂）

於是調整一下呼吸才說道：「阿麗妹妹，妳的爸媽呢？沒有回家，他們會擔心吧。」

「爸爸媽媽都不在了。」

哎呀！這一下英娜覺得有些過意不去了，忽然又想到：「那妳現在住哪裡？家裡還有人嗎？」

阿麗：「哦，就在這附近，我一個人住而已。」

英娜眉頭一皺，事情實在很詭異。很多不合理的地方，實在很難讓人相信。想了一下，先這樣處置好了。

「那阿麗妹妹妳先回去。晚一點再來找姊姊玩好嗎？」

實在越想越奇怪。英娜的判斷是：「先請她離開，再詢問阿公要怎麼應對。」

「啊！但是……」

這女孩居然雙臂夾身體，兩隻手掌一面互搓一面著撫著自己的臉。露出非常為難的樣子：「現在回去的話，有太陽……會曬黑……」

英娜忽然覺得腦袋上方有一種筋肉斷裂的聲音。這傢伙是怎麼回事！到底是不是男生呀？而且部落中的男男女女不是都和大自然融為一體的嗎？

還想說話的時候，這女（男）孩忽然往上一跳！然後英娜眼前居然出現了一大群青蛇！

英家老爺：「土行借法——泥手！英娜快過來！」

地上泥土聚成大手，一把將英娜抓離現場。英家老爺急忙趕上：「英娜！妳沒事吧？」

「不、沒問題。」

這時才發現。剛剛的大群青蛇，竟然是一支細長的青竹槍。只是那壯碩的戰士連刺的速度太快，眼睛產生錯覺。不過竹槍雖快。這個奇怪的男（女）孩，也總是能驚險閃過。一翻身消失在屋簷另一邊，那戰士馬上急追了過去。

英家老爺看在眼哩，心中更是驚奇不已：「那就是達吉斯的哥哥達利？怎麼看起來反而像是小女生？」當年的小男孩，居然沒有長大？還變得像是女孩子？這完全違反了自然的規律，難道真的有哈莫尼與魔法作祟？

一時間難以確定，只好先吩咐英娜：「妳先回房裏去！其他的等下再說！」

說完立刻拔刀跟上。但聽的達吉斯·都奈一陣大呼小叫，卻沒有打鬥聲，似乎也沒追到目標？

英娜才躲回自己房中，但馬上發現不對。

「咦？這房間怎麼這樣乾淨？」

雖然本來就有人打掃，自己昨晚也大概地清了一下。但整個房間連牆角地灰塵都一乾二淨，那種感覺可不一樣。

忽然間、莫名其妙地想到……或者說是一種第六感吧。

「說是不喜歡陽光……」

英娜於是彎腰探頭往床底下望去。果然，一位臉皮很厚，男女莫辨的阿泰雅族小……男（女）孩，就捲曲在床下。一看到英娜就急著合掌成膜拜的姿態。

「請讓我躲一下好嗎？（輕聲）」

神情又是一副要哭要哭的苦苦哀求模樣：「我以後叫妳『主人』，讓我躲一下好嗎？（輕聲）」

看到這狀況，英娜不禁想著：「這個阿麗肯定是個『笨、蛋』！居然有人躲迷藏前，還先把環境打掃乾淨？真的是個不用腦筋的『笨蛋』！」

而床上半睡半醒的英宗傑問道：「阿姊怎麼了？床下有東西嗎？」

…………

英娜：「床下有隻好大的死蟑螂。別看！很噁心耶。宗傑你去和廚房借支掃把過來好嗎？」

…………

而另一邊，達吉斯・都奈和英家老爺找不到人，也只能假設對方已跑了。

就在這時，郭光天派出去探聽消息的家丁回報。

「據附近的墾戶說，最近的確有很多墳墓被挖出來，而且頭都不見了。住戶本以為是野獸所為，才沒有張揚。」

英家老爺：「好！不管這傢伙是否是哈莫尼。今晚我們一定要將他抓出來！」

當時，誰也沒想到。

這一晚，就踏入了海島百年動盪的歷史開端！

台灣小事典

泰雅語「一天的時間」

在文中所出現的泰雅族時間如左列表：

泰雅時間		
白天	上午（sasan）	早晨（mayzbuq）
		天亮（sluwan）
		日出（mhtu wagi'）
		日升（mkaraw wagi'）
		午前（zik kryaxan）
	中午（qrian）	正午（kska kryaxan）
		午後（babaw kinryax）
	黃昏（gaygbyan）	日斜（msrihaw wagi'）
		日落（mzyup rgyax wagi'）
晚上	入夜（gbyan）	入夜（gbyan）
		晚餐時刻（kgbyan）
		入眠時間（p'abi'）
	半夜（kska' bengi）	半夜（kska' bengi）
	雞鳴時間（mquwas ngta'）	第一次雞鳴時間（mn'aring mqwas ngta）
		第二次雞鳴時間（minpusal mqwas ngta'）
	拂曉時刻（ziksluwan）	準備出門時間（ptgway wringan）
		拂曉時刻（plpaw）
		天亮（smyax puqing kayal）

偽娘角色的靈感原型

羅伯特・斯文豪（Robert Swinhoe）或譯史溫侯、郇和、斯文侯。在同治元年（西元一八六二年），為英國駐台領事，他探查當時位於大溪頭（今石門水庫）旁的泰雅族部落時，看到一位族人，沒有紋面，長髮中分，鬆散地用白珠串繞額頭一圈，綁在腦後。於是好奇詢問是否為女孩，結果發現是十六歲的男孩。此事記載於羅伯特・斯文豪探查桃園奎輝族的紀錄。

舊版的桃園縣「蘆竹鄉誌」中，也有記載一位沒有紋面的紋面番（即泰雅族）。於道光二十年左右，在大姑陷（今桃園大溪）一地獨居。常和漢人交易，並充當通譯。據記載：「此人皮膚白皙，語音柔弱順耳。」當時漢人皆以為是女子。蘆竹有墾戶蕭姓當面求婚，才知道原來竟是男子。多年後這人歸化漢籍，和蕭姓墾戶的女兒結為連理。

沒有國家的漢人・狂妄

夜晚，又一次降臨大姑陷之中。但這一晚卻是充滿著噪音與煙霧。

「開咒！」

二個道士，一高大壯碩、一瘦小精幹，正在山崖頂開壇作法。

其中矮小道士邊燒符邊喊：「靈符燒化江河海，毫光顯現照天開。一道靈符定乾坤，千妖萬邪不敢進壇門。」

同時將燒著的符紙往前方鐵盅一掃，立時爆出火光和濃煙。看似煞有其事。神壇後方還有幾個阿泰雅族的戰士壓陣，幫忙敲鑼打鼓。雖然看來不倫不類，卻也頗具威勢。

只聽那瘦道士繼續唸咒道：「法鼓差明第一聲，奉請上界使者值如郎。壇中請……啊！來了！」

只見明月下，無主人頭半空漂浮而來。這二個道士對看一眼，大喊一聲：「逃啊！」

神壇前地面忽然爆裂，無數石塊飛打。立刻將第一批妖頭打的潰不成軍。但後方的人頭隨即補上。眼看無可抵禦，這二個道士和阿泰雅戰士轉身就逃。

就在幾乎要被追上時，眾人衝下一處斜坡，一名阿泰雅戰士更順手丟下火種。霎時山坡一片火光，卻是乘著山風往上燒去。追得太快的人頭，不幸衝入火場被燒成灰燼。

逃亡路線明顯經過計算，不時鑽過有掩蔽的小樹叢和大石旁，再加上速度又快。讓有數量優勢的妖怪人頭無法形成包圍網，只能在後方不斷追趕。

「這幾個傢伙有點本事……」

在遠處山丘上，一個罩在黑色大衣下的身影。在一片夜色中幾乎無法被察覺。但見遠處的逃亡隊伍又一次點燃火光，這次讓妖怪人頭損失更大。這黑衣人不由得站到更高處，好掌握戰場的狀態。明顯便是主使者。

忽然殺氣湧現，勁風隨著一支尖鐵竹槍刺來。這黑衣人幾乎反應不及，幸好身旁還有幾個妖怪飛頭護衛著。一隻堵住槍尖，做了主人的替死鬼。其餘的便往來敵咬去。

戰士一聲清嘯躍上半空！明亮、淩厲、充滿殺氣的雙眼在夜色的襯托下令人膽寒。手中一支比人還高的鐵尖竹槍，此時展現出驚人的韌性，捲成一個完美的圓形，有如青蛇般盤繞著戰士。更藉彈力用槍桿鞭打敵人，將進攻的妖怪人頭都打到支離破碎！

眼見對方來勢洶洶！這黑衣人急召妖怪人頭回來護衛。但剛剛追獵物追的遠了，此時竟是遠水就不了近火。

眼見又是三顆人頭被這戰士一槍串殺！這黑衣人於是向後躺在幾顆人頭之上，竟是想用妖怪的飛行能力逃離戰場。

「土行借法！土堡！」

英家老爺忽然出現，雙手按地爆喝一聲！四周地面土推突湧，居然形成一股巨大、半圓形的土堡，將現場的人類以及妖魔都困在其中。

英家老爺：「這叫『關門打狗』！達吉斯、上！」

原來那二個道士是郭樽的護院。高的叫呂大槌，善用大鐵鎚。矮的叫蕭射刀，飛刀技術不同凡響。

英家老爺與達吉斯・都奈制定的戰術。先由阿泰雅的戰士和這二名護院作誘餌，期間英家老爺也用法術驅動石彈遠距支援。但主要是找出主謀的魔法師位置，再由主力二人獵殺。

英家老爺心想：「最麻煩的是『土堡』的形成，需要時間和仔細運用地勢來配合。昨晚倉促間就辦不到，幸好現在有達吉斯・都奈掩護。」

現在萬事俱備。土堡內雖是黑暗一片，卻絲毫不妨礙二人的戰力。眼見被困在內的除了那黑衣人之外，只剩約十來顆人頭。英家老爺拔出鍛打剁刀，便要與勇士同伴一起降伏這妖魔。

卻聽這黑衣人嬌叱一聲。英家老爺心想：「是女的、難道真是那邪惡巫師莫哈尼嗎？」

但還未證實，僅存的人頭竟無故自燃。一時間在土堡內熱力逼人，讓英家老爺不由得先停手。

達吉斯・都奈卻是連環槍刺。命中火人頭時似乎有效果，但也不像之前一擊即潰。

只聽著那黑衣人再次出聲喝令。火人頭們居然一口便將一旁的夥伴咬下？同類相食，還不時發出了被咬的哀號聲？這一幕實在詭異莫名，讓勇士不由得暫停觀察情勢。

最後只留下六個火人頭，每個都比平常人頭大上數倍。而且冒火的眼睛和猙獰的表情，一看就知道戰力已升級。眼看對手正盤算態勢，被火人頭護衛的黑衣人於是緩緩揭開頭罩。果然是……女人！

但英家老爺和阿泰雅頂級戰士卻對望了一眼，與預想的有出入。這妖豔的女人約莫二十多歲，眉宇間一股殘忍的氣質。最重要的是……

英家老爺：「漢人？」

由於漢人的五官和這海島的原始住民比起來，輪廓比較沒有那麼的深刻。在這時代雖然也有不少漢、番共組家庭的例子。但這女子給人是非常純粹之漢人血統的印象。

看到這同胞，英家老爺卻生出了不祥的預感。

「在下陳蓋，是供俸水邊大將軍的過門寡婦。你就是墾戶『郭樽』所雇用的保鑣？」

女子一開口，字正腔圓的「官話」。不同於這海島漢人常用的漢語南方方言。

但聽到前面謎語一般的自我介紹，讓英家老爺再無疑問。

那是一種中原秘密幫會的切口。俗語說將軍戰死時要「馬革裹屍」。而氵（水邊）、革、大三字組合起來便是漢人的「漢」字。漢人習俗中，結婚過門的新娘都要用一塊「紅」布遮臉。那顏色也代表一個祕密幫會，復興漢族的地下組織、漢流中的一支。在鄭氏王朝的時代，其軍師陳永華將原本漢流的五房系統中的第二房，發展成了遍佈中原的「洪門」。

在二十六年之前，漢人反叛幫會更在海島南方協助朱一貴自立為義王。希望能將這海島由中原皇朝獨立出去，以建立一個屬於漢人的獨立帝國——「大明王朝」。

可惜卻功虧一簣。

其實英家老爺還親身參與了那場驚世大戰，更曾在這秘密幫會中擔任要職。但此刻卻不希望曝露自己過去的身分。

這時土堡周圍牆壁傳來一連串劈劈啪啪的聲音，乍聽之下還以為是下雨。但場中三人卻知道，這是因為飛頭妖怪已回防護主。只是無法攻破土堡外牆而已。

眼看達吉斯・都奈立刻便要發難，英家老爺忙先制止同伴。畢竟眼前這女人背後，可是中原第一大幫會！行事前最好三思而後行。

英家老爺：「在下人稱英家老爺，是郭樽的護院。久聞『無懼韃靼佔中土、漢留弟子滿天下』！漢流或是洪門、天地會之義士向來以恢復漢民天下而努力不懈，贏得江湖中人景仰。為何在此地濫殺無辜？」

陳蓋：「英家老爺在這海島的名頭不小啊，果然有真才實學。」

英家老爺：「感謝賞識。但殺害無辜平民，啟不污辱了陳近南總舵主在天之靈？」

這裡所說的陳近南，乃是傳說中這秘密幫會的創始者陳永華的化名。據說這幫會歷代召開大會時，都會留一張空椅，代表著已故的總舵主在冥冥之中庇佑著興漢大業。

「所謂無辜，是留著韃靼的娘們髮辮，甘做奴才的賣國賊嗎？」

一面露出嫌惡與仇視的神情、這陳蓋咬著牙、語氣充滿了悲憤：

「甘做韃靼奴才！就沒有無辜的人！為了復興大漢民族的神聖任務，本座正在尋找魔力之源！要在此處召喚血骨龍皇，助我漢族建立新國度！驅逐韃虜、再創『大漢盛世天威強國』！天下百姓都應該追隨民族正義的大旗，除非是……」

此時越說越激動、神情更是顯得狂妄。用一種嫌惡的眼光瞪著達吉斯・都奈咆哮：「除非是這種下等的蠻族，連服拜在漢族腳邊也不配！唯一的用處，就是獻出首級成為本座的飛頭蠻！」

這女子不但意態若狂，而且似有針對性。達吉斯・都奈不禁問道：「怎麼回事？是她有親人被『出草』了嗎？」（阿泰雅語）

英姬老爺：「不是、只是這傢伙的妄想……」（阿泰雅語）

即使這樣回答，英家老爺也覺得一陣胃液倒流！

其實到了故事的發生的時間，漢人已被滿清統治了八十四年。不管這些奇怪的髮辮規定本來是何用意、就算是漢人也真的甘心做滿清皇帝的「奴才」吧。但中原的反抗活動已漸平息，甚至出現百姓安和樂業的景象。

英家老爺與郭光天，也因此逐漸脫離這個復興民族的行列。

英家老爺不禁心想：「眼前這陳蓋，明顯是屬於更為激進的一派。原來那妖法是將人頭化成飛頭蠻！

魔力之源？血骨龍皇？這群人是想復興民族，想到走火入魔了嗎？為了尋寶殺人，還自以為是民族救星？明明被異族打倒統治了，卻一心只記得盛世天威強國？還真是不可理喻的瘋子！」

雖然心中暗罵，英家老爺卻努力壓制自己的情緒。只要扯上民族大義，這些人往往就喪失了理智與人性。

「我們可以退一步說嗎？」

即使說出這句話，也讓自己充滿肚子充滿不舒服的酸味。但英家老爺還是努力與現實妥協：「妳去找妳的祕寶，以後我們都不再靠近這個區域，也請不要對這裡的人民出手可以嗎？」

陳蓋：「為了修練飛頭蠻大法，以抗朝廷爪牙，必須不斷尋找可用的素材，才能持續的進化。」

英家老爺只覺得心中一股怒火燃燒更烈，但再一次用理性壓制下去：「那些被殺的人是無辜百姓，並不是朝廷的爪牙。本人與一旁的阿泰雅戰士可保證沒人會妨礙妳的任務。請您放過此地平民。」

「凡我同胞，都應為了能復興漢族的偉大使命而光榮獻身。」

陳蓋的表情和語調卻散發出一股狂熱：「轉生成為飛頭蠻參與光復大漢故土，解放中原民族大業的同胞們。即使有些微的痛苦，也一定能理解這是為了解放漢人同胞的最高使命！而感到無比光榮的。」

說著這女子居然露出了滿意而且自負地微笑，那是一種無視世間法則，狂熱與狂信的混合。同時還伸手隔空撫過一旁的冒火飛頭蠻，露出了似是完成了傑作的得意神情。

剛剛沒有仔細觀察，但那一顆頭的五官較為圓潤，竟是小孩子的頭！

英家老爺不禁全身發抖。本來還畏懼對方的勢力，現在卻因為不堪的回憶被挑起而感到憤怒。這是自己過去的樣子嗎？年輕時的自己，就是這樣用大義名分壓倒一切正當性，甚至去傷害無辜生命？

忍到不能再忍，一種崩裂的聲音終於在腦中爆開！

「混帳！為了民族大業就可以濫傷無辜嗎？」

全力出擊、英家老爺手上鍛打剁刀一招便將眼前的飛頭蠻砍成二段！

刀氣破空、引起的風切與音爆更在土堡內不斷迴響！

聲勢之強，不但陳蓋得直退到土堡牆邊以避其鋒、僅剩的飛頭蠻也被勁風刮的亂飛亂轉。

連達吉斯・都奈都被這股怒意與鬥氣所攝：「這漢人老頭原來不只是會法術！連刀法都這麼厲害。」

眼見冒火飛頭蠻總算回復態勢，又再發動攻擊。達吉斯・都奈手中刺槍閃電連擊截下一顆妖頭。但進化後的飛頭蠻不但承受了攻擊，甚至還張開全是火焰的血盆大口咬來。而且被刺的傷口更是冒出一點火光後便急速復原。

但阿泰雅的熊之勇者，豈是浪得虛名。達吉斯・都奈以靈活的身法閃過對方的攻擊。同時鐵尖竹槍有如暴雨，一瞬間將對手都刺成了蜂窩，赫然發現只有眉心處的傷口復原較慢。

於是一聲清嘯，槍尖直刺眉心。同時雙手一迴，比人還長的竹槍轉動有如螺旋鑽頭般。槍尖直破眉心深處，冒火飛頭蠻終於爆成灰燼。

達吉斯・都奈於是高喊：「妖怪弱點在眉心，要攻擊……」（阿泰雅語）

話還沒說完卻被更強烈的風暴打斷。

英家老爺一招六刀再斬碎了二顆冒火飛頭蠻，強烈刀風更有如在土堡內引爆炸藥般。震波連陳蓋都被刮飛撞在牆上、僅剩的二顆火飛頭蠻也像是彈珠般在土堡內亂撞。

達吉斯・都奈竹槍插地，好不容易穩住身形。心想：「弱點是否在眉心，根本沒差別了。」

然而土堡連續被刀勁衝擊，竟也出現了些微破損。陳蓋心念一動，指揮一顆冒火飛頭蠻往裂縫處直衝。「轟」的一聲果然撞穿了一個大洞。

眼見外面的飛頭蠻援軍不斷湧入，陳蓋終於露出笑容：「英家老爺果然名不虛傳，不如加入我們共同為解放民族大業奮鬥。無畏在這白白浪費生命……」

自信必勝，陳蓋更是志得意滿。手指達吉斯・都奈大叫：

「給我砍下身旁蠻族的頭顱！不然就要你也變成一顆腐爛的飛頭蠻！」

沒有國家的漢人・熱血正漢

眼看飛頭蠻成功衝入土堡接應，才心想應是勝券在握了。不一會陳蓋卻被眼前詭異的狀況給嚇呆了。

飛頭蠻是進來了，但不知為何都離著眼前二人遠遠的。只見英家老爺一手倒持鍛打剁刀，一手在額前稽指朝天。口中念念有詞，同時和阿泰雅戰士一起散發出一股異樣的氣息。讓妖怪都不敢靠近。

這老人伸手抓著衣襟一撕，露出的壯碩胸膛上，竟是連綿不絕的紅字經文。在後方的達吉斯・都奈身上也有一樣的經文。只是因為外側有用汙泥，草植掩護，一下看不出來。不但如此，二人身上的經文還在微光中，一點一點地閃閃發亮？

陳蓋驚呼：「用參著銀粉的硃砂，所下的護體咒文！」

「小法咒！」

英家老爺盯著對手，雙目如電：「一道靈符定乾坤，千妖萬邪不敢進！足夠防衛妳的妖術！」

難怪不怕被飛頭蠻咬。這一下連陳蓋也不知所措，已沒有備用方案能對付眼前這二個戰士了。

但忽然大地震動，巨物踏地而來。轟然巨響，土堡頂端整個被打破。一隻巨猿伸手進來，明顯是接應陳蓋。

千鈞一髮，陳蓋不禁大叫：「朱厭來的好！」

朱厭？

英家老爺一看，果然像中原古代傳說一般。是白頭、紅腿的猿猴……不、是足足超過八丈的巨猿。於是當機立斷：「達吉斯・都奈！請先將我的人帶走，往郭樽方向撤退！土形借法、石柱！」

法力到處，地面隆起一根高聳石柱。帶著英家老爺直上，到了堪與朱厭視線相對的高度。

這巨猿身高八丈（二十四公尺多）有餘。但前方的老人眼神之凌厲，殺氣之強烈、加上一股老練地從容，卻直讓朱厭和身邊的陳蓋都感到背脊發涼。

只是英家老爺也是冷汗直流，心中其實沒有對付巨獸的戰術。只有「要逃的話，一定逃的了」的自信。

然而這時，卻發現遠遠西方那邊似有火光。竟是一隻巨獸騰空，往海邊方向而去。

英家老爺心中大急：「是郭樽的方向！」

眼見對方動搖，陳蓋決定使出能結束戰鬥的絕招：「那是對於郭樽的懲罰攻擊。你現在快回去，說不定還來的急。」

◆

時間倒回稍早之前。

剛才一下心軟，於是先讓這自稱阿麗的女（男）孩躲在床下。幸好不久來通知。要英宗傑和郭小孩一起，去和郭樽請的私塾老師上課。這樣一來弟弟也不在身邊了。於是先叫這怪女孩出來坐著，想找機會讓他（她）溜出去。

但那高個子番族……嗯、阿泰雅族戰士一直不放棄搜索

英娜心想：「不如要他（她）變裝逃走吧。」

於是拿出了自己的衣服要她（他）換上。還稍微的替他（她）打扮了一下

「啊！感謝主人，這衣服好漂亮啊。」

看著眼前的這個奇怪的女（男）孩，實在是有種沾在手上的麻煩甩不掉的感覺。

英娜：「這些胭脂眉筆可是我媽媽的遺物呢。不要動唷，畫一下妝應該別人就認不出來了。」

本來是想隨便把這傢伙的眼睛畫成大黑框，再把臉頰撲成通紅的三八醜女妝。不但沒人認的出來，而且看起來應該蠻好玩的。不過啊，這阿麗的皮膚實在是好細緻，好嫩啊。隨手畫去，又發現那明亮的大眼睛與眉毛、臉頰的輪廓顯得深邃卻又不露骨、與小小的嘴唇間、比例更是微妙。於是雖然心中一直想要畫醜妝，但一種屬於女人天性的作用領導之下……

英娜：「嗯、好了……」

連自己都看得發呆，眼前出現的美麗女孩……對！絕對沒有疑問，這是那種故事中才聽過的貴族公主。再配上了嬌柔到極限的嗓音……

英娜心想：「絕對沒錯，這傢伙投胎投錯了。」

於是拿銅鏡給她（確定）看時，還同時拿了二束緞帶替她繫了有粉紅蝴蝶結的雙馬尾。仔細看了看妝，隨手拿出一只小銅製胭脂盒替她補一點粉。

這只軟黃銅製的胭脂盒不過二吋稍大，外形與花紋猶如二片筬壺（音kám-ôo，是一種大而淺的竹筐）。在連接處有絞環，將蓋子掀開裡面可放置脂粉。這小銅盒是英娜父親在完成除妖任務後，像委託案主要來做為送給母親的小禮物之一。

樣式卻是精緻，可惜表面有不少刮痕。仔細看的話，角落更有碰撞所致的缺陷。可能也因此，原來的主人才肯割愛吧。

不過這小女孩一看到這胭脂銅盒，便雙眼發亮還猛吞口水。

阿麗：「這筬壺盒子好漂亮啊。」

英娜：「叫做胭脂盒。」

阿麗：「姊姊……不、主人用胭脂盒把妹妹也畫的很漂亮優。」

英娜：「……不要用這種眼神看人家好嗎？」

簡直像是走失的小貓一樣的超大水汪汪眼睛，英娜倒也知道這傢伙在想什麼。只是不知為何？被這樣的眼神「僦」，又聽到這種「嗲」到不行的聲音，再想到早上看到那一「根」。

忽然覺得背脊惡寒、雙肩發麻。

英娜嘆了一聲：「這個給妳，別用這這種眼看我了。」

說著把簸壺粉盒塞在對方手中。反正雖說是母親的遺物之一，但還不是那麼重要的東西。當然還是不忘要罵一聲：「厚臉皮！」

沒想到被這女孩一把抱住，還笑著說道：「謝謝主人！對阿麗最好了。」

真的……很厚臉皮。

好不容易掙脫這女（男？）孩的摟抱，等到英娜設法去幫她找一些吃的回來之後。這個阿麗，已經不見了。

隨後才知道那女孩用換裝之便。居然從大門溜掉了。在判斷應該是追不上人之後，英娜不禁想著，說不定還會再見到這個厚臉皮的傢伙。

但不幸的是，這時間居然還不久！

下午過後，英娜發現英家老爺已先一步出發了。

英娜想著：「每次都這樣，阿公每次都獨自承受危險。」

英娜真很想幫阿公分擔一些危險，但自己也只是沒有力量的弱女子。

結果唯一做的是，只打開隨身行李中有父親留下的故事小說。都是當時所流行的《西遊記》、《封神榜》一類有插畫的印刷故事本。當然也不是被世間定義好學習模範。

看看小說、觀賞插畫。再對照自己心情。忽然覺得以前被當作反派角色的枇杷洞蠍子精、樹精杏仙、半截觀音和玉兔精等都很「有力」！

「看到英俊唐僧便追，遇到孫悟空還能打。真的比現實世界的柔弱女性強太多了。」

英娜就這樣湖混了一天。到了晚飯過後，卻是奇變徒生。

剛把燭燈點著，窗戶卻「砰」的一聲打開，卻是那阿麗直跳進來。一看到英娜與英宗傑，立刻說道：「別出聲，跟我來！」

還沒來的及反應，居然一手一個，抱著姊弟二人翻身飛上屋頂。才訝異這阿麗的身手和力量，已聽到大宅周圍出現一片吵雜與驚呼的聲響。還有打鬥呼喊。

英娜大吃一驚：「有強盜？」

卻見阿麗帶著二人趴在屋頂上，小聲的說道：「主人請先不要發出聲音。」

於是英娜也安撫弟弟先躲著。只聽的下面的聲音先是一陣抵抗和爭吵，隨即越來越安靜，英娜不禁大急：「難道郭伯公無法逃過此劫？不會吧？」

正擔心時卻聽到身後一聲輕響，回頭卻看到三人一組，都用黑布蒙面，此時正沿著屋頂搜尋過來。

英娜還緊張要如何應變時。一條身影一晃，阿麗居然已經出現在敵人面前。同時躍起雙手張開，左右各自攏住一人。接著猛然一收！三顆頭「磕」的一聲便一起撞昏了。

輕輕巧巧便解決三個，阿麗隨即奔回來說道：「雖然一下子不容易被發現，但主人還是移動位置比較好。」

再次一把抓起二人，在黑夜的屋頂間奔馳。卻像是毫無阻礙而且感覺不到重量一樣，直到大宅旁的空曠處，選定了一株枝葉茂密的大樹藏身。

阿麗：「這樣應該沒問題了。真要被對方發現，我們翻牆就逃。咦？主人妳在看什麼？」

嗯嗯，雖然聲音還是一樣的……嗲。

英娜不禁心想：「但這力量果然是男生，還是武功很厲害的那種。」

還叫自己主人、有個武功高強的下屬感覺倒挺不錯的。

英娜：「有點像公主了。」

阿麗：「主人是說我嗎？很多人都說我像公主啊……」

英娜：「沒人說你，公主是用來形容可愛的女生啦。」

沒錯、別和男女不分的變態放在一起了。沒想到對方的誤會更深。

阿麗：「對！對！對！只有主人這麼漂亮的才能稱作公主。沒錯！沒錯！」

轉的好硬，這狡猾的傢伙……

英娜：「狐狸……」

這海島沒有，但書上說是一種像是狗，卻又比較瘦小的生物。據說很狡猾也很漂亮，所以才有「狐狸精」這名詞。

不過，另一人誤會更深。

阿麗：「啊、主人也注意到了嗎？這『簸壺』粉盒和阿麗真的好配啊。」

不說英娜倒沒發現，這傢伙居然將軟銅簸壺胭盒用絲線繫成了項鍊。月光下看來的確和那張帶著童稚的臉龐是很相配……這不是重點吧。

英娜：「狐狸是名字……」

「哎呀！主人給的名字真好耶。我也覺得阿麗、阿麗的可能會和別人撞名。謝謝主人賜名『壺麗』！」

遇到這種奇怪的傢伙，英娜真的是傷透腦筋。總之，還知道要珍惜送給她的禮物，這點倒還不錯。以後就確定用「壺麗」來稱呼吧。

才這麼想時，卻聽得一片人聲吵雜。

仔細一看不得了。來襲的蒙面強盜將郭家大宅男男女女都帶了出來，喝令他們坐在空地上。此時英娜卻發現，這群蒙面人清一色的披頭散髮。

為首一人看到郭家男子都留著這時代漢人必留的辮子，更是無名火起。猛然抓住眼前僕役的辮子，用力一扯。這蒙面人手勁強橫、武功竟是不弱、居然將那僕役的辮子也扯斷！連帶拉的頭皮裂傷、僕役哀號聲中更是鮮血直流。

郭光天見狀，勃然大怒：「這人又沒有阻礙你！道上兄弟要發財，劫走財物也就算了。如此對無辜之人下手，是哪一種江湖規矩？」

那蒙面人更用憤怒的眼神回瞪：「留著韃靼辮子，辱沒漢人民族名譽的！就沒有無辜之人！」

一開口，迸出一種憤慨、仇視、為了反抗不公平命運，而激動的不平衡高亢聲調。似乎這蒙面人心中只剩下滿滿的恨意。

「順應天理！行正道名！逢清必反！大漢建國！」

蒙面人喝道：「我們就是順應天理循環！行走民族正道！回復漢人大名！解救天下漢人於韃靼皇帝奴役！將在這海島建立真正漢族新國度的男人！我們就是純正大漢血統的『正漢』！」

所有蒙面人此時高舉武器！同聲高喊助威：

「我們就是『**熱血正漢赤蓮軍**』！」

台灣小事典

歷代打出天地會旗幟的民亂：

一七八三年（乾隆四十八年）

張主忠反清事件。

一七八三年（乾隆四十八年）

小刀會林貴反清事件。

一七八三年（乾隆四十八年）

鳳山縣林弄反清事件。

一七八三年（乾隆四十八年）

淡水閩粵械鬥（張昂案）（淡水廳黃泥塘、桃園）。桃園地區首次的分類械鬥。見於黃泥塘、烏樹林一帶（龍潭）

一七八三年（乾隆四十八年）

諸羅楊姓宗族械鬥（楊光勳案）。楊逞的螟蛉子楊光勳與親生子楊媽世為爭家產，各結「添弟會」、「雷公會」互鬥。引起清廷增派兵員進駐彰化，成為林爽文事件的導火線。

一七八六年（乾隆五十一年）

林爽文事件

一七八六年（乾隆五十一年）

莊大田反清事件

一七八六年（乾隆五十一年）

直加米南、目懷二社「生番」事件，原住民起義

一七八六年（乾隆五十一年）

楊氏宗族械鬥（楊光勳案）。楊光勳、楊媽世兄弟械鬥、演變成殺害汛兵

一七九一年（乾隆五十八年）

諸羅黃張異姓械鬥（黃霞案）

一七九一年（乾隆五十八年）

徐氏異姓械鬥（徐祥伯案）

一七九一年（乾隆五十八年）

沈氏異姓嘉義械鬥（沈川案）

一七九一年（乾隆五十八年）

黃姓宗族械鬥（黃成案）

一七九五（乾隆六〇年）

陳周全起義：陳周全，台灣縣人，與鳳山縣陳光愛於一七九五年二月召集天地會盟友抗清，三月攻陷鹿港並取得彰化城。汀州府同知沈颺召集吳升東、楊應選等人率鄉民平定亂事。

一七九五（乾隆六〇年）

許凜起義事件 鳳山、反清起義與陳周全相互呼應。

一七九五（乾隆六〇年）

鄭賀事件 鳳山、反清起義與陳周全相互呼應。

一八六二（同治元年）

蘇黃異姓台北、北門外大稻埕械鬥。

一八六二（同治元年）

西螺三姓械鬥（一八六二—一八六四）：清代雲林縣境內，有廖、李、鍾三大姓，混居期間。鍾、李二姓建有「頂店」，廖姓則建有「下店」。一八六二年起，三姓械鬥頻傳，事件延續將近三年。此為清領時期規模最大的異姓械鬥。

一八六二（同治元年）

淡水廳漳籍與泉粵械鬥（戴萬生案）：戴潮春，彰化人，家境富裕，曾在軍中擔任職務。後與兄長共同組織「土地公會」和「八卦會」，一八六二年，台灣兵備道孔昭慈對八卦會進行清剿。戴潮春擔心受到牽連，便帶領會眾起事，隨即攻下彰化城，自稱大元帥。一八六三年底事敗。

絕技！面接！

這名號讓郭光天也不由得一震：「漢流、洪門熱血青年為了民族犧牲奉獻，向來令江湖敬佩！人人謂之『無懼韃靼佔中土、漢留弟子滿天下』！何時卻成了持強凌弱，濫殺無辜的流氓狂徒？」

此時郭光天一邊說一邊站起，毫不畏懼地和來襲的蒙面人對視。同樣目光炯炯、充滿憤怒。這充滿勇氣的視線卻沒有嚇到來犯的敵人，反而越發激起他們的狂妄。

英娜不禁心急：「郭伯公到底要幹嘛？這樣很危險耶！」

雖然郭光天也知道自己激怒一群狂徒的做法非常不智。但心中一股恨鐵不成鋼，極端悲憤的情緒卻讓自己忘卻了危險。想到曾為了光復漢室而付出青春、甚至不顧生命危險。當時滿懷的理想、希望、到哪裡去了？到底是為什麼會變成這樣呢？

眼看這蒙面人就要怒開殺戒！但剛舉起的刀，卻被一名和尚攔住。而且來的突然，竟然沒人看到這和尚何時過來。

「在下少林僧人大痴，久聞天光大老爺氣魄非凡。今日果然百聞不如一見。」

在樹上的英娜聽到，鬆了一口氣，心想：「爸以前常說少林是中原武林正派之首，想必不會為難郭伯公。」

一旁的壺麗卻伸指向著前方黑暗處一指。英娜看去，才發現遠處還站了五名僧人。

在下方的郭光天也發現了，而且注意到有幾人斷了一臂。赫然想起江湖傳說：

「少林叛徒！六僧九絕劍？」

大痴哈哈大笑：「正是！沒想到連偏遠海島都知道我們師兄弟六人。」

郭光天：「六僧九絕劍！因姦淫婦女東窗事發，竟殺害授業恩師與達摩堂、戒律堂首座而叛出少林。如此惡名滿天下，即使在這海島又怎會不知？」

即使被人當眾掀出底細，大痴卻哈哈大笑：「我們師兄弟六人已經加入了熱血正漢赤蓮軍了。以往微不足道的小事，哪比得上復興民族的大業？那幾個老古板竟敢擋在民族大義之前。實在罪有應得！」

在樹上的英娜聽的不禁反胃，心想：「微不足道？還強姦婦女和殺害師長？難道只為了『大義』，就可以不顧『正義』了嗎？」

而郭光天更是瞪著眼前的狂妄之人，好一會後嘆了一口氣。心想：「反正人在刀板上，今天必須先保住家人安全。」

想到這裡，態度也軟化了。於是說道：

「說到底、在下不過是『耽美』的『總受』。只能躲在『金台山』旁『明遠』之處，忍受韃靼的『鬼畜攻』。還請各位『王道』『兄貴』能放過我們這些『廢材』吧。」

這一對話實在不能小看，充滿了只有同樣是來自祕密結社幫會的人，才能理解的神祕用語。郭光天更確實的表明了自己系出「金台山、明遠堂」，這一個創立於順治十八年（一六六一）的幫會第一號香堂。最是注重兄弟情義。聽到我在暗語中表明的身分，必可保護郭樽上下安全。」

郭光天心想：「幫規有勻『天下英雄風雲會，金台山堂首創立，軍中誓盟結仁義，同心協力把漢留』

但沒想到大癡聽到後，僅是皺了皺眉頭。又露出殘忍的笑容：「別擔心，你的家人我們也不懲罰了。但要借你的人頭，讓這附近的人再也不敢反抗民族的義軍。」

始終是逃不掉，郭光天忍不住冷笑一陣，隨即放棄似的盤坐地上，閉起眼睛說道：「來吧！我皺一下眉頭，就不是好漢！」

難道什麼都不能做了嗎？英娜眼看大痴就要舉刀砍下，急得大叫：「不要啊！」

這一下卻曝露了自己的位置！英娜本人意識到這狀況時，忽然一把飛鏢便停在眼前。飛鏢尾端卻被壺麗抓著。

壺麗：「主人請先走……哎呀！」

也才一瞬間，已有二個和尚躍上半空發動攻擊了。眼前劍氣秉烈，幸虧壺麗應變還更迅速。又是一把抓住英家姊弟二人往後飛跳，原來躲藏的樹幹竟被削成碎片。不但如此。才一落地，二僧雙劍又鋪天蓋地攻來。

此時拉近距離。英娜赫然發現左邊的僧人頭上有四點佛痂，右手卻齊肩而斷。另一僧左手小臂已斷，卻接著鐵鉤義肢。而頭上有五點佛痂。二僧劍法配合天衣無縫，眼看已無處可逃。

壺麗卻輕笑一聲空手而上？然而二把利刃斬在沒有防護的雙手上，居然迸出點點火化……敵人被擊退了？

仔細一看。二把長劍卻似乎受到極大力量般不斷在亂斗，甚至劍尖都已破損。

大痴：「四痴、五痴小心點！那女的似乎有鍊鐵砂掌一類！」

英娜心想：「所以佛痂等於稱號？不過不是『女』的。」

卻見壺麗露出非常溫柔的笑容。一掌平展，用另一手輕捏著、還以拇指搓揉伸平的手掌：「哎、呀、居然欺侮我家主人？你們是否有覺悟了？」

嗯、雖然言詞是蠻嚴厲的，而且手上動作是代替一邊男子漢常用的「扣指節骨」嗎？但是配上這樣小女孩似的面孔、一臉燦爛的笑容、還有那種甜甜膩膩的語音和不徐不緩的說話節奏。簡直就像是要懲罰不聽話寵物的小女孩一樣。也因為模樣實在太純真了……還讓六僧都一下不知如何反應才對。

只有知道實情的英娜、感到一種寒毛倒豎的痠麻，從背上分成二股直襲頭頂和腳尖。這傢伙絕對是「生錯了」！

「壞孩子！」

壺麗一面說一面舉起手掌：「就該打！」

一出手、就是家喻戶曉、人類流傳最古老的掌法。

名為「打巴掌」！

只是壺麗一掌打到中途，居然隱現海浪、颶風之聲！這一「巴」！威猛澎拜、震古鑠今！也虧四痴、五痴反應迅速。不顧風度，用狗吃屎的身法往地上一撲，幸好還能險險避開。

但後面的就慘了。郭樽眾人蹲在地上，都被這股巴掌勁風吹得東倒西歪。還站著的熱血正漢，更是被十級強風颳起。撞壁的，掛樹的一時間好不狼狽。即使距離稍遠，都需蹲下馬步才能穩住身形。

只有大痴一人沒有任何應對動作，任憑風暴吹過也不晃一下。

壺麗：「呵呵！壞孩子就要打屁股歐！」

第二巴，便往地上掃去。

總算少林武學名不虛傳，四痴急忙間使軟骨功！居然將全身縮成一顆肉球也似，圓形表面滑溜不易受力，風暴一來隨波亂滾。雖然轉的自己頭昏眼花，幸好沒有受傷。

而五痴卻將鐵義肢往地上一打。轟隆的一聲，前端居然炸開？原來這五痴的鐵鉤義肢裝有火藥彈丸。此時藉著反震之力，身飛離地七呎有餘。只聽得一聲巨響，地上被巴掌風掃出一個大坑。

英娜此刻才回過神來：「這哪是打屁股？被打中只怕屍骨無存。」

但這掌法的招式破綻極大，騰空的五痴立刻發動攻擊。一劍直刺對方眉心，同時舉起義肢要再發一顆鐵彈。

不料壺麗竟也瞬間抓住對方雙手，臉上更露出勝利笑容。

五痴心中一寒，那是「有自信能捏爆敵人」的笑容。急忙啟動板機，鐵義肢的彈丸再爆發。霹靂一聲震耳欲聾！但煙霧消失，卻是……

手指沒有放開、彈丸直接卡在炮口、壓力回堵，更讓鐵義肢都膨脹變形。所有人不分敵我都訝異不已！這女孩的肉掌硬度，竟能抵禦炸藥鐵炮。面對超現實的敵人，五痴恐懼的無以復加，卻聽得一聲驚呼尖叫！

「你弄髒了！」

眼角一喵，原來是爆炸煙霧沾黑袖子，卻讓壺麗咬牙切齒，直瞪著眼前的和尚罵道：「這可是主人給我的，看你怎麼賠！」

儘管心中有一萬個願意賠賞。不過此時手上的壓力急遽增加、骨節劈啪作響。讓五痴耗盡全身功力與之抗衡。只怕一開口、力道稍差。就從「斷一臂」成為「沒手臂」了。

寒光一閃，鐵義肢忽然被斬斷！來劍還奇異的纏上壺麗的右手腕急旋。一股柔韌的勁力牽制，讓這怪力少女也一時無法抽手回來。

同時四痴回氣殺到。也是劍走陰柔，竟技巧之極的避開五痴掌指而纏住敵人的手腕。

面對眼前變局，壺麗下意識地放開對手。卻不料五痴一重獲自由，立時反客為主使出和四痴相同的陰柔之劍。師兄弟二人同心協力，確實牽制了刀槍不入的敵人左手。

同時壺麗赫然發現……纏著右手的另一端沒有持劍之人！居然是一把淩空的飛劍？

眼前一聲狂嘯：「玄鐵斷鋼劍！殺！」

一魁梧武僧、額頭三佛痂。手持比人更高的巨劍直刺過來。此劍鐵色沉黑卻又反射著紅光，尖峰帶起勁風居然透著無比寒氣。竟是柄削鐵如泥的沉重巨劍。中宮直進，誓要一劍刺穿雙手被牽制的敵人心臟！

再多半秒，肯定能掙脫手上的束縛。但實在沒有那半秒鐘了。卻見這女孩（？）忽然伸直手臂，同時屈膝半蹲。但這一下原本對準心臟的大劍，就直殺到毫無防備的柔嫩面孔之前。

壺麗：「絕技！面接！」

「叮」的一聲，清脆響亮。居然……鋒利的巨劍就在這臉上停下來了！

貼近的三痴、四痴、五痴更是不敢相信！因為玄鐵斷鋼重劍不偏不倚，刺在這女孩的「眼珠」之上。即使金鐘罩、鐵布衫、十三太保橫鍊到了最高境界，也不可能練到眼球上啊！但這女孩雖然看來很不舒服，偏偏就是擋住了。

「好厲害！臉皮果然是特級厚！」

一旁英娜看到這一幕，心念電閃：「啊！要這樣做，是為了不要弄破我的衣服嗎？」

趁著眾僧因為驚愕而力量稍弱。壺麗奮力一舉，雙手終於自由。三痴見狀，爆喝一聲，將巨劍急轉有如鑽頭一般。再次直擊前面的嬌嫩臉孔。總算是將這詭異到極點的敵人逼退。

「幸好沒弄破主人的衣服、但很痛耶！混蛋！」

也只是逼退幾步而已。壺麗雖然一手搓揉著眼睛，竟然是沒有任何受傷的樣子。英娜才慶幸這朋友安然無恙時，卻發現壺麗全力盯著前方戒備。而當自己抬頭望去時，更是懷疑是否在作夢？

少林叛僧大痴，居然浮在半空之中！

剛剛牽制壺麗右手的無人劍，此時飛回大痴身旁環繞。英娜才注意到大痴腳下有二把劍供作踏板，頭頂還有另一隻劍在那環繞。

「御劍飛行！」

英娜猛然想起父親說過的故事，劍術鍊到了劍仙的等級。能以意志駕馭長劍，取人性命於百步之外。這大痴居然用凌空御劍之術，一次操縱四把長劍！

忽然、英娜發現一摟灰影爬到了壺麗腳邊。急得大叫：「小心偷襲！」

一聲提醒，讓這偷襲者完全曝光。卻是身高只到平常人一半的僧人，此時四肢並用的爬在地上，卻沒看到身帶長劍。頭頂上有六點佛痂，這人想必是……

大痴：「白痴！快噴他！」

六僧之末、白痴，立刻張口射出了蛇信般的長舌，舌尖居然包覆著劍頭。說是出奇不意，但壺麗卻是無所畏懼。伸手想抓住這長舌頭，不料舌頭一振卻噴出點點口水。即使緊急抽手，卻還是沾上了不少。

而少林六叛僧全都屏息以待。眼前這怪女孩、刀槍不入又力大無窮。如果連一滴就能殺死野牛的「瞬殺唾」都沒有效果，那真的不知道要怎麼對付了。

「討厭、髒死了！」

眼看這女孩不停的甩手擦去身上口水，卻一點都沒有中毒的跡象。大痴只有在心中替她加上了百毒不侵的屬性。

但壺麗眼見那白痴又要靠近。卻嚇得拔腿逃竄：「不要過來！噁心死了！」

這、還真的是一副害怕至極的模樣。而白痴雖然實力不強，卻擁有動物般的本能。一聞到對方傳出害怕的氣味，立刻四肢爬行追了過去。結果剛剛幾乎無敵的怪力女，居然露出嫌惡噁心的表情狼狽竄逃。

大痴於是認識到：「她（？）的弱點，就是小女生的弱點。」

眼前還有郭樽的危機未解，英娜只有急得大叫：「你幹什麼？快回來打呀！」

沒想到耳邊忽然出現冰冷的聲音：「不要吵、你死了就不吵了。」

英娜一轉頭，在身旁出現的居然是有如殭屍一般的臉孔！不但形如枯骨，連眼睛都只剩二個窟窿。有如枯枝的手上有一把約一指寬、手掌長的短劍。但這短短的劍上卻沾滿不知是血還是銹的汙漬，讓人不寒而慄。

六僧九絕劍的最後一把劍，此時二痴在極近距離毫不留情刺向英娜！

台灣小事典

保密切口

洪門與天地會的子弟，為了保密的需要，常會使用祕密的切口相認。例如：

來客說：

四方疆土盡歸明，唯有中央未滅清。

位列忠良分疆土，兄弟齊心來滅清。

主人則回答：

手持軍器剿滅清，大開倉庫養洪兵。

三軍未動糧先用，兵精糧足復還明。

等等……

（至於這篇章節中的切口……作者腦洞開太大了。）

就要這女孩傳下
我的血脈！

驚見二痴就要對英娜下手！遠處的壺麗急忙奔回救人，也來不及了。

劍尖離自己心臟不到半吋，英娜只剩極度恐懼的感覺。身體卻無法做出任何反應。耳邊卻忽然聽到一個飄渺、猶如遙遠山谷飄來的迴響似的：「先祖啊！將要留下歿世王族血脈的先祖啊！還不到您生命終結的時候……」

一股力量直竄上來，還夾雜著一股難以形容的氣息。英娜雖然不覺得難受，但這氣息卻立刻讓她聯想到「蛇」！而且還是具有強大力量，碩大無朋的巨大蟒蛇！

眼前更出現了一組白色霧氣所組成的方陣圖型。

┌┬┐
├┼┤
└┴┘

這方陣圖更散發無形力量，一舉將二痴逼退三步。還搞不清處怎麼回事，壺麗的驚天掌力已經巴到。二痴躲開時被力量稍微帶到，立時被打飛到了庭院的另一邊。摔在地上爬也爬不起來。

壺麗：「主人、主人沒事吧！」

此時英娜還未能鎮定過來，手指著漸漸淡薄的方陣：「那是什麼？」

但壺麗往所指方向看去，卻是奇道：「主人在說什麼嗎？這裡有東西嗎？」

這回答讓英娜了解，可能只有自己看到這白色霧氣一樣的方陣。而且那迴音似的話語是什麼意思？歿世王族？怎麼感覺像是蛇？

但在遠處的山丘頂端，卻有一神秘男子猛然站起。眼神透過了鏡片、黑暗與遙遠的距離，緊緊盯著那靈氣方陣。

而在現場，英娜更是被這方陣所吸引，忍不住伸出手去觸摸。當手指接觸到其中一角時，那一角的記號立刻變得更為明亮。

於是用右手滑過這方陣。當接觸到┤和┼記號時，腦中忽然有聲音響起。

「入（此為漢語南方方言，發音為lip）」

這莫名的聲音，讓英娜嚇的縮回了手。

但眼見方陣又更淡薄。於是大著膽再伸手觸到正中央的┼記號，再往上一抬觸碰┬，立時又聽到聲音。

「門（音mîg）」

還想嘗試時，眼前忽然一聲大響。一名身穿白底紅邊罩衫的番族少年，不知何時來的。手持一把長柄大刀，險險幫英娜擋下大痴的飛劍。

壺麗：「主人快走！」

回過神來才發覺，壺麗也在後面擋著一隻飛劍。看來大痴已將目標轉向英娜。

這一搗亂，那方陣終於消失的無影無蹤。

這時四周出現一片吵雜聲音！同時一名身著竹片連甲、雙手持等身大圓藤盾的魁梧胖子。躍上牆頂上大喊一聲：

「帕拉庫奇！（音Parricoutsie或Parakucho）」

四周回聲震天：「帕拉庫奇！」

多位一樣身穿白底黑邊罩衫的戰士紛紛躍牆而入。來者人數不多，卻極為善戰。一瞬間切入赤蓮軍之前護衛著郭樽眾人，明顯是友非敵。

那胖子更用漢語高呼：「郭樽的朋友！萊崁的戰士來支援了！」原來是郭樽在此地合作夥伴，萊崁部落的戰士來援。郭光天不由得精神一振：「夏胡立來的好，所有人往那方向逃！」

牽制敵人，同時掩護眾人撤退。一時間萊崁的勇士，與赤蓮軍打成一團。

但是大痴卻不管眼前的局勢發展。二把高速飛劍環繞進擊。讓英娜和壺麗以及眼前的少年戰士都難以脫身。終於那少年解下原本縛在身後的另一把大刀，同時一聲清嘯：「小姐快走！這裡、萊崁戰士、加禮（gali）來擋！」

漢語算是標準。此時這加禮一個後空翻，人已躍上半空。英娜抬頭時卻偶然與之對望。月光照印之下，只見他一身修長卻精實的身影。雙手握住刀柄尾端，在夜光下一身白衣襯著刀光，更像是怒張雙翅飛翔的銀鷹。但對九歲的英娜而言最震撼的，卻是加禮一雙明亮而炙熱的眼神。

說來奇怪，但這一瞬間英娜忽然了解了「英勇戰士」這名詞的真正含意。

下一秒，英娜卻深陷在暴風的中心！好不容易回過神來，才發現是加禮人在半空，將一雙長刀揮舞成一片旋風般的銅牆鐵壁。

意識到無法跟上飛劍的靈活。加禮完全不看來招，只自顧自地將雙刃舞的滴水不漏。雖然這樣一來便只守不攻，但卻成功擋住一對飛劍。

加禮：「快走！」

這時英娜小腿一緊，才發現原來弟弟英宗傑還瑟縮在腳旁。

於是再不懷疑，便讓壺麗帶著二人撤退。然而才退開，卻有一點鮮血飛濺臉龐。竟是大痴眼見二把飛劍被擋下，立刻調來第三隻劍。加禮的防衛刀網鄧時難以應付，一眨眼便被劃的全身是傷，卻全無退卻之意。英娜也沒有猶豫便下令：「幫他！」

這可是直接的命令，壺麗一轉身就要衝過去。

但在更遠處山丘上，這神秘男子卻像是也能聽到英娜的命令一樣。摘下了眼前封印禁制的鏡片，任由一股不可思議的力量張狂在夜空之中。

在場正邪雙方都感到了這股壓力。大痴忍不住回頭，卻驚見遠處山丘上的霧氣似乎被某種力量帶動，捲成二隻碩大的眼睛。霎時一股威力卻直逼而來！

「絕不能硬接！」

算是動物遇到天災的第六感，大痴連防禦都不敢，腳踏飛劍急退迴避！震耳欲聾的一響！土石紛飛、地震不已、爆出瞞天塵埃！

「砲擊?!」

這猛烈的衝擊讓在場所有人的神經，大痴也急忙收回四隻飛劍嚴陣以待。但當煙塵稍微沉澱，卻發現剛剛所在的位置出現的一個大坑。裡面只有一支箭插在中心。仔細看去，卻只是一般的雞羽尾、硬木桿弓箭。

震撼還未完。第二箭已打在四痴、五痴之前！威力驚人。二個少林叛僧，更是嚇得只有抱頭鼠竄一途。這次有了防備！大痴卻先見神箭打得地面受力變形、才聽得轟隆音爆。心中一驚：「這箭速度比聲音快！」

第三箭、第四箭更完全阻絕了赤蓮軍對於郭樽的追擊。第五箭夾帶最強風暴卻是憑空掠過。

此時所有人都無法不注意這弓箭所射之處，即使不打在自己旁邊也是一樣。

但望向攻擊之處，卻赫然發現空中有一隻長約三十尺，全身是火的巨牛。這巨牛只有白色的頭部沒有著火，卻只有一隻眼睛。尾巴一甩卻不是牛尾，而是類似蛇一樣帶有鱗片的長尾。此時肩上中了一箭，似乎痛苦地扭動身軀。但不一會卻將那弓箭也燒成灰燼，看起來是沒受重傷。

卻見牛頭上站起一人。火光照印下，卻是身著長袍、手持拂塵、頭戴冠帽的道士。這時又一箭射來，只見此道士手中拂塵揮動。半空卻打下閃電截下了這一箭！爆出了驚天巨響與震波，讓這牛妖和道士都一陣搖晃。這道人再揮一下拂塵，另一道閃電卻打在遙遠的山丘上。

「沒打中？那傢伙有本事啊。」

這道士仔細感應，卻發現對方完全消去了氣息。找不到攻擊目標，說不定已經逃走了。於是對著大痴笑道：「都說六僧九絕劍如何厲害？沒想到竟然拖了這麼久？這郭樽又不是軍營，還打不下來？」

也不等大痴反駁，這道士提高音量：「在下是站在『逢清必反、大漢建國』的第一線、熱血正漢赤蓮軍的分舵主、魔道士、嫵蟷（音武當）！在這裡宣告，為了神聖漢族復興與正名的大業！本軍將在大姑陷一帶活動。擅入者將會視同干擾大漢建國的神聖大業，而招到最嚴厲的制裁。尤其是……」

嫵蟷道士眼看著萊崁戰士們，臉上露出一種歧視與不削的厭惡：

「尤其是你們這些連文字都沒有的落後蠻夷！告訴你們、普天之下、莫非漢土！如果敢侵犯我們神聖漢民族的歷史傳統領域，後果自己負起全部責任！」

「那裏應該沒有漢人去過才對吧？怎麼又變成歷史傳統領域了?!侵占別人的土地，卻要別人負全部的責任?!到底什麼道理？」

嫵蟷一驚眼，卻發現是個不到十歲的小女孩發言頂撞。於是哼了一聲：「小女孩不懂事。這次……」

本只想嚇嚇小女生，卻看到一男一女護衛在女孩面前與自己對恃著。這男子應是番族的少年戰士，一眼即知武藝高強。問題是另一個看來也像是十歲左右的女孩，但在嫵蟷的法眼之中，卻是渾身籠罩死亡的黑氣。猶如從地獄爬出來的惡鬼一般，竟讓魔道士也心生恐懼。更不說明，便要用雷劈下。

剛剛出聲抱不平的正是英娜，而在前方護衛的就是加禮和壺麗了。眼見敵人舉手似要做法劈雷。加禮二話不說拋下雙刀便緊抱住英娜，要以身體擋住這記雷擊。壺麗卻猛然躍上半空，希望能吸引注意與攻擊。

這點也成功了，為了不明的理由。嫵蟷的目標就是壺麗！本擬一招在半空將這小女孩（？）劈成二半。但將出手之際，一股極度惡寒殺氣，卻讓嫵蟷心中一驚！法力至少減低了二成威力。

話雖如此，八成威力的大雷，還是直直將半空的壺麗劈回地面。

「壺麗！」

看到這結果。英娜立刻掙脫護衛的懷抱去查看狀況。

那股寒冷的殺意一閃即逝，嫵蟷卻明白：「應該就是那個射弓箭的傢伙。隱藏在遠處的山中，卻發出了這麼強的殺氣！看來又不像要戰鬥，要打也不見得能抓到他。」

就在這時，另一個變數卻來自地面。

郭光天：「郭樽的百姓都是不值得『推倒』的『天然』『小白』，本人與『金台』『明遠』的『御姐』，一同懇求『兄貴』。高抬『苦手』且莫『洗版』。」

又是一次只有秘密幫會才懂得江湖暗語，郭光天孤注一擲：「雖然那個大癡不顧江湖道義，但這嫵蟷呢？能不能安全脫身就靠現在！」

而這一擊，出現了希望的效果。嫵蟷聽到後睜大眼睛，盯著郭光天。又望向大癡時，卻發現那少林僧一副事不關己的模樣。

嫵蟷心想：「這郭光天竟是金台山、明遠堂的直系？現在總會和本軍之間摩擦不少，再產生誤會的話後果堪慮……真麻煩！而且已經劈死一個小鬼了。」

就在這時，南方的天空卻湧現不詳的漩渦。在黑夜中的烏雲像是被吸進漏斗般，由半空中一邊旋轉一邊往地上的一點集中過去。當接觸到地面時，整個大氣似乎震動了！高聳、雄偉、直通天際、威力足以毀滅世間一切事物的巨大龍捲風，在南方數里之處形成。更緩緩向郭樽移動過來。

嫵蟷：「是強力的風系法師所為！赤蓮軍整隊、準備應戰！」

後方卻傳來極為冰冷的殺意！這次不只是魔道士，連少林叛僧們也感受到壓迫。北方山丘上的殘雲更被無形之力迫開，明顯是那神秘的弓箭手蓄勢待發。

「有被夾擊的風險！」

嫵蟷心中一驚，衡量眼前情勢：「繼續待在這裡，會同時面對使用龍捲風的法師，和躲在山林中的神弓手！必須先解決一邊！」

於是手指躺在地上的壺麗大喊：「敢再干擾民族大業！這就是榜樣！同志們，走，往南方迎擊風系法師！」

嫵蟷隨即騎著牛妖踏空而去。這赤蓮軍進退間極有紀律，轉瞬間便撤出郭樽。不多時南方傳來雷轟爆電閃，夾雜著秉烈暴風呼嘯之聲。再過不久，忽然一切歸於平靜。

英娜看著人都走了，才拍拍壺麗說道：「起來吧，沒事了。」

而壺麗、一個蜈蚣彈。漂亮的翻起身來：「該死！沒機會偷打那老妖怪一巴掌。」

剛剛英娜一靠近，就發現壺麗眨眼打信號。明顯想裝死找機會偷襲。

英娜：「不過幸好你沒事。」

壺麗：「哎呀、幸好人家是『世上臉皮最厚的阿泰雅』嘛。」

「……」

英娜總覺得，這傢伙會被阿泰雅一族當恥辱獵殺吧。卻看到壺麗忽然盯著一身被雷打的破爛的衣服，接著就真的哭了起來。

壺麗：「哇！對不起主人啦！居然破成這樣。」

英娜也只好盡可能的安慰她：「一件衣服沒關係啦，破了我再給你一件。」

壺麗：「可是……可是……」

英娜：「真的沒關係啦。」

壺麗：「可以抱一下……嗎？」

這讓英娜不禁皺了皺眉頭，結果這傢伙是藉機撒嬌嗎？但是看到眼前這一副要哭的臉。最後英娜也只有一把將壺麗的頭輕輕的攏著，還撫摸著她的頭安慰：「沒事了，歐~不要哭了。」

看起來像是一對小女孩再互相安慰嗎？英娜始終覺得怪怪的。倒是看著縮在自己懷中那人一副「好幸福」的笑容。想想也就嘆口氣不計較算了。

忽然眼前出現一人睜大眼睛直直盯著，卻是英家老爺終於趕到。英娜更發現，站在更後方的。就是稍早用竹槍追擊壺麗的達吉斯・都奈。

◆

北方山丘的叢林中，這人將厚重的鏡片再度戴上，四周的力量立刻消失的無影無蹤。那邊漢人的戰爭如何？自己是一點興趣也沒有。但回頭再透過遙遠的距離，看著那位在廣場上，似乎拼命想解釋什麼的女孩。

「記得是郭樽新任護院的女孩吧？竟然是預言中的血脈女主！」

這神秘人微笑中露出貪婪的眼神：

「決定了！未來就要這女孩傳下我的血脈！」

台灣小事典

南崁社、坑仔社早期紀錄

重修台灣府志（康熙五十一年、一七一二）。將坑仔社、南崁社、龜崙社、霄裡社，通稱為「南崁四社」。但根據更早紀錄、荷蘭官方大員會議紀錄：

一六四四年十月，有Barecoucq部落的頭目oppersten，到達Fort Antonio（淡水、紅毛城）。並說明，因為遭受南方的Pocal部落（即後來的新竹、竹塹社）侵略。因此表示歸順，希望獲得保護。

十二月十二日Pieter Boon的部隊由淡水出發。十三日即駐紮在Lamkamse reviere（今南崁溪）的部落對面。

在一開始因為用聽音拼寫，有Barecoucq、Barecoutsock、Parakucho等寫法。後來公文統一用Parricoutsie（文中的「帕拉庫奇」）。一六四六年四月到一六四七年五月間，Parricoutsie和Pocal發生衝突，荷蘭也首次以Lamcam的地名發出二百一十里爾的贌社權利以示支持。Lamcam或Lamkamse的名稱可能是當時漢人通譯協助的，後來「南崁社」也是取其諧音。

一六五〇年七月，Parricoutsie分成兩個聚落，大的維持Parricoutsie名稱，小的則稱為Tsijnandij。荷蘭方面各自發出贌社權利。

Parricoutsie即為後來的南崁社，Tsijnandij則為後來的坑仔社。

本故事中，南崁社化身為「萊崁社」，主要是因為諸多劇情將發生，因此為故事需要改名，特在此註明。

參考文獻：簡宏逸，〈從Lamcam到南崁：荷治到清初南崁地區村社歷史連續性之重建〉，《臺灣史研究》第十九卷第一期。南港：中央研究院台灣史研究所。

民族大義下沒有正義

越過丘陵地，在虎茅庄往南三十多浬路，乃是全年風勢強勁的山丘。在漢人俗稱為「紅毛」的荷蘭人統治這海島的時期，荷蘭人用作為營利事業單位的「社」，和此地部落自稱的語音。在正式文件上用Pocael社來記載這部落和地區。

Pocael最早與漢人的接觸，是在八十多年前，前朝永曆十五年（一六六一）之時。當時漢人王朝已在中原落敗，只剩鄭成功帶著殘軍敗兵來到這海島。卻和當時盤據中部的部落勢力大肚王國（音Tatutum）發生衝突。

而Pocael一族也因此和漢軍出現長期的衝突，但在二十年後（康熙二十年、西元一六八一），受鄭成功之孫鄭克塽指示，陳絳帶兵掃蕩此地部落。之後遷入的漢人便用Pocael諧音將這裡稱為「竹塹」！

虎茅庄衝突過才結束，郭光天卻連夜搭快船來到竹塹的紅毛港。

是的，「紅毛港」。聞名可知意，這港口的最大客戶。正是因髮色偏紅，而被漢人稱為紅毛的荷蘭人。雖敗於鄭成功而放棄了這海島的統治權。但隨後在中原皇帝討伐鄭氏王朝時，援助了二十艘西洋夾板戰船。因而獲得通商的特許，又以商人的身分再回到這海島活動。

當郭光天的帆船入港時，正好有一艘荷蘭的三桅帆船正在裝貨。不禁心想：「其實現在的北京朝廷與東瀛天皇都不願與西洋諸國通商，而採用鎖國政策。但紅毛人卻在這二個國家都獲得了經商特許，實在了不起。要做生意，就應該要以此為榜樣。」

一上岸先找認識的藥商，將交代的貨找齊。

之後便直奔被暱稱為長和的漢人仕紳和商人聚集地。

此時郭光天並未打著郭樽的旗幟，更輕衫布衣一身簡潔。看來就像是這一帶常出現的行腳私商（沒有郊商認證的商人），於是在一旁的攤子坐下也沒引起注意。

仔細觀察附近。只見附近正有幾個工人在搭建圍籬，已圈了一塊工地出來。

郭光天心想：「要在長和建媽祖廟的事也傳了好一陣子了，預計明年就會動工吧。」

確定再無可疑的狀況，郭光天於是叫了一些點心。卻像是隨手亂放似的，將桌上的筷子排成了三橫一豎，又拿了一只杯子放在左邊。

這動作沒引起任何人注意。但是郭光天雖然像是自顧自地吃東西，卻緊繃著全身神經注意周遭每一個細節。

過不久聽到背後人聲吵雜。轉頭卻看到一名身穿白麻紅邊罩衫，身材微胖的番族男子。揹著一陶甕似乎是酒，一路走來卻親切的和認識的漢族商人打招呼。

郭光天也知道此人，心想：「竹塹部落首領、敖控吻直電！說起漢人和此地部落的恩恩怨怨，那真是說也說不完。但這人卻在維護部族利益同時，也積極與昔日敵人尋求和解。實在了不起！要做生意，就應該要以此為榜樣。」

又是一個心中引以為師的偶像。只見這敖控吻直電用奇怪口音的漢語和店家老闆打招呼，交付了酒甕後卻走到郭光天身前。

敖控吻直電：「朋友是踏過綠草地過來的？還是連日趕月搭船過來的？」

即使再故作鎮定，郭光天還是雙手一抖，茶杯幾乎要掉到地上。這句沒有來頭的話，是那意圖顛覆國家的秘密幫會所使用的暗語切口。踏過草地是為滅青而搭小船又稱為覆舟。日與月合起來的漢字，便是代表最後一個漢人王朝的明。這句暗語便將「反清復明」嵌在問話之中。

昨晚接觸了熱血正漢一夥人後，郭光天便急著要弄清狀況。用筷子、杯子擺出秘密陣式後，等接頭人用暗語確認。是這幫會在朝廷嚴密稽查之下，還能生存與發展的手段。

卻萬萬想不到接頭的、不但是一個大有來頭的人物，還不是漢人。但震撼過後，郭光天趕忙集中精神應對。這種祕密的切口對話，其格式與規則既複雜又嚴謹。只要做錯一步，就會被當作是間諜處裡！

郭光天：「我是走黑長直道來獵奇的，想找找看這裡是否有貓耳、貓嘴、獸耳和姬髮式。」

敖控吻直電眉頭一皺：「這裡只有表番的喵嘴、副黑、八重齒和馬尾。不如閣下去里番找找看。」

郭光天：「有呆毛的龜畜嗎？」

對話到此敖控吻直電已完全能確認對方身分了。一轉頭，又用奇怪口音的漢語對小吃攤老闆說道：

「這位朋友的請記在帳上，我這有貨要買賣啦。」

隨著這位敖控吻直電，一路走去，居然是直往竹塹內城方向。

郭光天也不禁緊張起來。在鄭氏王朝覆滅之後，泉州人王世傑仍努力在此開拓。直到康熙五十一年（一七一二）才有客家人徐立鵬加入。但當時種族衝突不斷，王世傑也在康熙六十年時被部落出草殺害，連首級都被砍去。

但此地之戰略位置易守難攻，更有利於管理海島北方。於是八年前（雍正十一年、一七三三）時。淡水撫民同知、徐治明下令，將淡水海防廳（原在彰化）搬來竹塹。並種植刺竹作牆，成了當時人口中的竹塹內城。

也就是說，現在要去的地方。是朝廷駐軍的大本營。以二人和叛亂顛覆國家的幫會關係來說，本應是最好要避開的地方。但敖控吻直電卻直走而去、一種被人設陷阱的危機感襲罩郭光天。

守門：「哎呀、衛先生。一大早進城找人嗎？」

敖控吻直電：「是啦、山產店有些進貨啦。歡迎隨時光顧啦。」

只打聲招呼就走過城門，郭光天不禁心想：「難道我太多慮了？」

這竹塹城的圓周足有四百四十丈（一四〇八公尺）。內裡除了駐軍之外，還有軍眷住家以及平民開設的店鋪。敖控吻直電帶頭，便走進一間山產店。鑽過後方廚房，赫然是一座還算典雅的小庭院。一位身著白色儒裝的、年有八十以上的老人，已準備好茶點在等著了。

一看到這老人，郭光天才放鬆下來：「學生在這向王老師問安了。沒想到老師竟能潛伏在韃靼的大本營中，學生實在佩服、佩服。」

這老人聽的呵呵大笑：「少拍馬屁了，這內城還有甚多平民居住。韃靼想破頭也想不到老夫、王世傑，還在這笑看世局。」

這老人竟是應在二十年前被殺的王世傑?!而且他還是反叛幫會的重要幹部?!

只見王世傑一面用手比了比斬首的姿態，一面仍是笑著說道：「有些事還真的必須死過一次才能作。當時若不是安排假死，遲早頭顱會被韃靼砍去。現在就當金頭殼，已留在金門太武山上。可毫無顧忌的報答延平王的恩惠了。」

郭光天確知道王世傑口中的延平王，就是鄭氏王朝的末代——鄭克塽。原來當年王世傑隨軍立下大功，鄭克塽欽賜在竹塹開發的特許。即使國家輪替，王世傑依然辛勤開拓。最後到了「為田數千甲、歲入穀數萬石」的地步。但在二十六年前。南方掀起了漢人傳說的中興王、正名之戰，後世歷史則載為鴉母王之亂！戰後這些前朝遺民卻遭到朝廷壓迫，也因此王世傑只好安排假死來逃避。

不過今日也解開郭光天心中一個疑惑：「看來當時協助老師演出假死劇本的，就是這敖控吻直電的族人了。」

敖控吻直電卻學漢人拱手為禮說道：「在下姓衛。」

這是今日第二次聽到了。郭光天本想詢問，王世傑卻先一步說道：「這是老夫的想法。這朋友的七支家族有意和漢人和解，所以建議改用漢人姓氏會比較容易共處。現在先起衛、金、錢、廖、三、潘、黎等七姓。等未來族人較為認可後再起名字。」

說完便請敖控吻直電退下好商議事情。

郭光天看著這頭目，不但要更改自己的名字，還把頭髮都結成了辮子。心中乎有一種類似惋惜，又有點高人一等的情緒。又想到：「部落文明連文字都沒有，歷史與文化都只靠口語相傳紀錄。如果漢化再深，說不定會連語言都會失傳。」

但今天還有正事，二人一坐下，便伸手將辮子解了開來。任由披肩長髮垂下。在滿人入主中原後，便下令「不留辮，就砍頭」，強迫漢人男子都要留起長辮已示效忠。於是幾代以來，這辮子也就成了漢人心中的壓迫象徵。

王世傑瞇著眼深深的吸了口氣，似乎這才是最舒適的狀態：

「北京皇帝只要看到這辮子，他眼中的大漢男兒就只剩一個名字叫做『奴才』！總有一日，我們漢人要堂堂正正找回自己的名字與尊嚴！郭兄弟你的來意我明白。但先說昨晚發生了什麼事，再討論要如何解決吧。」

於是郭光天詳細報告了昨夜的衝突，最後說道：「由於正漢赤蓮軍的呼號，表明為會中的一支，所以本人設法用會中的相認切口。雖然那群正漢似乎不懂，但大痴卻有反應。」

「你沒猜錯！」

王世傑嘆了一口氣：「那六僧九絕劍確實是已入會的幹部。但是這事情說來話長。你知道糧船幫的翁麟、錢保、潘安三人接下韃靼皇榜的事吧。」

郭光天點了點頭：「那不是十六年前（雍正四年、一七二六年）的事了。當時三人以會眾身分，卻去承接運糧北京的官辦。說是做生意，卻也引發不少爭議。」

王世傑：「不錯，雖說走江湖偶爾會與官府打交道。但這樣直接承接營運的實在少見。總之他們自號為『三祖』，但翁、錢二人已先去世。最近僅剩的潘祖卻招兵買馬，要將幫會擴充成有一百二十八個半堂口、七十二個半碼頭、將通州到杭州之間水路全納入地盤的強大勢力。」

郭光天倒吸一口氣。他知道所謂的「半」，就是指後勤管理。也就是說這幫會竟要一口氣擴充過百支部，規模大到需要特別處裡後勤業務。而且在攸關國家安全的交通要道上？忍不住問道：「這怎麼可能？這樣有人藉機起事，北京糧道立即截斷。韃靼皇帝怎能容許曾有逆反幫會背景的人建立這麼大的系統，而不圍剿……啊！」

似乎不經意地喊出了答案，郭光天想起這則江湖傳言了。

王世傑微微頷首，臉現憤怒：「你猜對了，這群漢奸和韃靼朝廷同流合汙！更擺明了將門派改稱『安清』或簡稱『清』，好和韃靼國號相呼應。最可惡的是，居然大江南北入幫者眾，連會裡也有人投靠。真是一群欺師滅祖的混蛋！」

越說越氣，罵個不停。

郭光天心中卻能理解：「自滿人入關，漢人王朝覆滅已近百年。雖然北京皇帝總是蠻橫。但難道要再拚個你死我活的一百年嗎？漢人正名、爭取地位是否有其他的方法？也許他們也是這樣想的。」

當然、這種話郭光天不會笨到直接說出。聽的王世傑罵了好一陣，才又回到議題上來：「於是，會中有人覺得必須用更激進的手段。這些激進派集結起來後，便自稱為滿腔熱血，真正血統純正的漢人！」

郭光天渾身一震：「熱血正漢！」

王世傑：「沒錯！他們後來又稱自己是『赤誠熱血的聯合』，於是打出名號『熱血正漢赤蓮軍！』有件事你應該還不知道。月中總舵主在泰山聚會，決定以後清算漢奸將不顧兄弟情面。更在江湖放話……

由清轉紅、披紅掛彩！由紅轉清、抽筋剝皮！

之後那熱血正漢赤蓮軍，便連續暗殺了幾個投效韃靼的漢奸。手段兇殘，卻也遏止了會裡投機份子的分裂蠢動。」

聽到這、郭光天也明白了。曾經幾度與北京朝廷抗衡，打著復興漢人民族大義的反叛幫會，此時僅因為要防止自身的崩解，竟要容忍更可怕的邪惡存在。仔細思考後，要先釐清幾個問題：

「王老師知道這群人的領頭者是誰嗎？還有、總會那邊知道這群正漢中，有利用活人練功的事情嗎？」

說到這，連王世傑都不禁沉默。不管立場如何，這類妖法明顯違反人性。好一會才說道：

「沒人見過赤蓮軍的領導者，只知道暱稱為『大首領』！而且他們的武功怪異至極。那個用人頭練功的陳蓋，去年之前還是峨嵋派的一個後輩弟子。不知是如何練成了這麼邪惡的妖法。那個嫵媢，本是三清觀不成材的道士。也是一夜間武功大進，竟能一人剿滅滄洲十二幫。總之、我會用總會名義發出通知。希望能約束他們不要再與你為難。但是最好，還是避開他們吧。」

頓了一頓、王世傑語氣沉重的說道：「這、是為了民族大義！」

民族大義？那被害者的正義呢？這念頭在郭光天心中閃過，卻沒說出口。氣氛於是沉默……

台灣小事典

新竹七姓公

是指新竹、竹塹社（道卡斯族）首批漢化的祖先。也就是文中「敖控吻直電」所率領的「潘、衛、三、錢、廖、金、黎」等七家氏族。

其來源有三種說法：

一是在雍正十一年到乾隆十三年間，族人由香山遷入竹塹十分七姓。原文「我社史基於香山，繼移於竹塹……厥分七姓」（《新社彩田公館繼略》，廖瓊林）。

二是乾隆二十三年，台灣知府、羅覺四明下令改姓（《新竹廳志》）。

三是因為乾隆五十三年（一七八八）林爽文之亂時，當地平埔族人出兵協助。因此乾隆皇授予黃色方形旗取代原有的三角旗，並欽賜漢姓。（《平埔調查書》）

中央研究院民族研究所傾向認定第三項（參考《竹塹社七姓公祭祀公業與采田福地》，王世慶、李季樺著）而新竹七姓公後代則認定是第二項，並提出有乾隆二十五年（一七六〇）乾隆皇帝御筆所賜的真匾為証。原匾額、日治時期昭和十年（一九三五）舉行台灣始政四十週年博覽會時，被台北博物館借去展覽未還，在懸掛之匾額為後來摹刻。而位於新竹縣、竹北市的七姓公祭祖廳堂「采田福地」，也確認建於一七六〇年（清乾隆二十五年），一八七六年重建，一九八七年重修。二〇一五年認定為國家三級古蹟。

文中的「敖控吻直電」次子「阿貴」，在乾隆五十六年（一七九一），大將軍福康安奏賜漢姓，阿貴遂以衛為姓。其族則尊之曰「衛什班」（《重修臺灣省通志・卷九・人物志・人物傳篇》）。

先通後娶

當郭光天辦妥事情，再搭船回到自家港口已是傍晚了。才踏上碼頭，家丁忙不迭地跑來報告：「萊崁社的長老已率眾在大宅門前等待了。」

郭光天點了點頭。這時代漢人要在這海島開墾、一是為了有合法的文件、二是為了能和當地居民共處。大都會找和漢人關係較密切的部落，簽訂承租的契約，並引以為合作的夥伴。

「萊崁」就是郭樽在此地最大的合作部落。昨晚也是幸虧有他們及時支援，才幸免於難。

不過趕回到大宅門前，卻發現氣氛緊繃。英家老爺竟率著蕭射刀與呂大槌將萊崁部落眾人擋在門外。昨天看到的戰士加禮，和那胖子都在其中。

趕忙上前要調解，英家老爺卻先一步將他拉到旁邊說道：「這些人的氣息有些邪門，在請他們進門前，是否要確認一下？」

郭光天還未回答，卻聽到一個女子聲音：

「呵呵！郭光天你找到好幫手啊。」

回頭往聲音來處一看，卻是那手持一對圓藤盾的胖子。但是剛剛的聲音明顯是女的啊？英家老爺一下覺得毛骨悚然。

反而郭光天見怪不怪：「正式給你們介紹。這位是我的老友，江湖人稱英家老爺。未來會負責郭樽的防務。老友啊、這位便是我們的合夥人。萊崁（Lamcam）的土目（音Taokua）——佬密氏！」

英家老爺知道所謂的「土目」，制度始自荷蘭統治時期。是部落會議選出，對外代表部落的終身職。在過去又稱土官，連官府也予以認證。雖滿腹狐疑。但眼見這胖子低頭行禮，倒也不敢怠慢，趕忙回禮：「請原諒老夫剛剛無禮，在此先謝過佬密氏先生昨日伸出援手。」

卻見那胖子一開口，與身材相符之渾厚嗓音。用的更是純正漢語：「多謝、但人不對了。」

英家老爺還沒反應過來，那胖子的後領掀起。一位白色長髮、年約八、九歲的小女孩忽然飛跳而出。半空翻轉身軀，竟橫轉側臥落下。穿著的白底紅邊罩衫也實在是太大了，輕飄飄地讓人一眼即知裡面什麼都沒穿。

身法兼具柔軟度、力量與極佳的協調與平衡。決不是一般小女孩可做到的。尤其是一雙眼睛漆黑而明亮，內裡卻散發出一股看透萬物本質、卻又玩世不恭的神情。

就這樣躺在那胖子肩上，半倚著滿是油光的大頭。這女孩一面用小手拍著男人一面笑道：「呵呵、昨晚是『我的』甲頭（音Dadru）夏胡立去幫你的啦。不過、你的道謝我接受。菸島（方言俚語，意指英俊）的英家老爺。」

說完自個笑個不停。

郭光天苦笑道：「老友請別介意。這位就是萊崁部落最年長資深的土目——佬密氏夫人。」

◆

雖然郭光天熱誠的招待夥伴進門了，但眼看同伴的戒備卻有增無減。光天大老爺也只好安撫說道：「別擔心了、老友。這位夫人過去就是這個性格。而且不是你說要找大家過來的嗎？」

「確實是，不過……」

沒想到來的人是這樣一身邪氣的奇怪幼女。一轉頭看到佬密氏眼睛望著自己似笑非笑。英家老爺戒心更昇到極點：「那雙眼就像是貓抓到獵物後。完全掌握獵物的動向，但就是要玩耍一番一樣。剛剛的動作也很像貓。」

佬密氏：「呵呵、在漢人裡難得看到這樣厲害的人物。比『我家的』甲頭還厲害。」

語氣輕挑，更讓英家老爺眉頭深鎖。

所謂甲頭，在這時代部落與官府對口的「通土甲」（通事、土目、甲頭）三個職位中，擔任土目的輔佐官，一般是實際的任務執行者。但是佬密氏不斷強調所有權的動作，讓人總覺得不只是上司下屬那麼簡單。

這時僕人領了達吉斯・都奈過來。這阿泰雅戰士一看到佬密氏，卻也是眉頭緊皺、嘴角下拉。竟罵了一聲：「不乾淨的蕩婦。」（阿泰雅語）

佬密氏卻笑得樂不可支：「你沒試過怎麼知道不乾淨喵？」（阿泰雅語）

郭光天：「他們在說什麼啊？」（漢語）

英家老爺：「……以後再和你說吧。」（漢語）

總有一種詭異的預感，但英家老爺還是先收拾了自己的情緒。畢竟昨天要求這些人聚在這裡的，就是自己啊。於是先調整呼吸，正要開口時……

「等一下！」

佬密氏：「我這有件更重要的事要先處理。昨晚那位勇敢和壞人頂嘴的女孩在哪喵？」

英家老爺：「那是在下孫女英娜。現在正在房間休息，多謝夫人關心。」

佬密氏：「我要見見這英娜小姐。」

對這奇怪的要求，英家老爺小心說道：「這……小女孩怕生。已先休息了。真的謝謝夫人的關心，改日一定偕同孫女前往致謝。」

「決不是要害你，請不要戒心那麼重。」

這佬密氏又是一副似笑非笑的神情，但這次卻帶著一點狡猾與一點認真：「如果連這點信任都做不到，那和你們也沒什麼好合作喵！租約就此報廢、我們立刻就走喵！」

話說得實在很重！最後英家老爺也找不出可以反駁的好藉口。唯有一面提高警覺，還是要英娜出來與這奇怪的女子見面。

◆

一到大廳、只見都是陌生人，英娜卻是豪不畏縮。

一面行禮、一面用平常的語氣說道：「小女英娜、謝謝夫人與貴族戰士昨日救命之恩。」

表現的不卑不亢，連英家老爺與郭光天都暗暗讚賞。

佬密氏更是雙眼發亮：「妳幾歲？還不到十歲喵？」

英娜：「剛滿九歲。」

佬密氏「沙」的一聲坐起身來，也不管身材是否走光。指著英娜笑道：「果然是又有勇氣，又聰明又可愛的女孩！決定了、這位加禮還比你大幾歲，是我們族中年輕一輩最好的戰士。以後就當妳的男人了！」

「……什麼？」

在眾人的驚呼聲中，佬密氏搔了搔頭：「嗯、我的漢語不太好。反正現在起，加禮就是英娜的人了。我們部落不像漢人那樣囉嗦。嗯……現在西拉雅族（Siraya）似乎很流行說是牽手，英娜小姐要和加禮

『牽手』也可以。若是不要，只想試試看的話。」

說著，這佬密氏居然隔空對著少年戰士嗅了嗅：「沒問題！保證加禮絕對沒碰過……啊、所有的忠誠都向英娜小姐奉獻而已。」

英娜：「忠誠……奉獻……牽手？」

對於這九歲的女孩來說，現在是一堆能了解的名詞、組合出不能理解的含意。而且直覺似乎不妙。

「我族傳統是女人最大啦！」

佬密氏：「一家的財產都是妳在管理的喔，男人都還要看妳臉色。而且、雖然我對加禮有信心。但還是他自己要加油爭取英娜小姐妳的青睞啦。妳先看合不合用，不合格就叫他滾蛋！畢竟小孩子是要跟著妳的姓氏。要找到適合男人的才『牽手』比較對。」

隨後還加上一句：「總之、決定權在妳願不願意接受……想起來了，你們漢人的說法好像叫『入贅』吧。加禮就先交給妳嘍，請先試用看看喵。」

「試……用？」

英娜一直聽到最後才知道是在說婚嫁之事，而且觀念明顯與所知的傳統衝突。就算再怎麼聰明，此時腦筋也一片混亂。

英家老爺：「英娜先別說話！」

即使是英家老爺，也直到現在才有辦法反應狀況。心中迭迭叫苦：「此地部落習俗確實是『以女承家、婚前先通而後娶、男則出贅於人、女則納婿於家』。而且一家財產，也是『悉以婦為主、女作男隨焉』沒錯。但這樣對英娜是好姻緣嗎？要想個辦法先緩一下。」

還在思考對策時，佬密氏卻先一步說道：「看來你們漢人都注重所謂的門當戶對是吧？這點加禮是絕對配得上英娜小姐的喵，問問郭老爺就知道。」

郭光天知道？

英家老爺一回頭，才發現郭光天臉色陰晴不定、似有難處。

才在亂想說不會是私生子之類的，郭光天卻乾脆直接靠過來悄聲說道：「這位戰士、加禮，就是『**林武力**』的後人啊。」

說這句悄悄話，比驚天霹靂打在英家老爺耳邊還厲害，也不會形容得太過分。

在漢人將軍、鄭成功來到之前，以大肚（音Tatutum。今日台中市大肚區）為首的跨部落王國。其領域盤據海島中部富庶地區。

荷蘭人曾以武力征討，之後則承認其地位展開對等貿易。

鄭氏一族則與之進行了長期的戰爭，直到鄭氏王朝覆滅都難分勝負。

但長期戰爭卻動搖了大肚王國的基礎。

後來的北京皇帝更以剿、撫併用與分化部落的手段。不斷的壓縮其生存空間。

在雍正九年（一七三一）、首領林武力（譯音）率領大甲（今台中市大甲區）十三部落興兵對抗北京朝廷。

這古老王國求生存的最後一搏，在漢人歷史中被稱為『**大甲西社番亂**』。

一年後兵敗，林武力等十三酋長被斬首。至此大肚勢力終於完全崩解，漢人首次掌握全島治權。

然而之所以震驚，更是因為英娜的父親、英慧，當年也捲入了這個事件。

其實英家父子二人，都認識這位首領。但當時一來沒有邀請二人協助、二來英家老爺只想將餘生專注在降妖伏魔之上，而不想再介入立場複雜的動亂當中。

但當戰況不利的消息傳來，英慧卻私自前往相助。等到英家老爺發現急追過去，戰事早已結束。卻遇上英慧揹著一位年約五歲的小男孩，正被軍隊追殺。待擊退追兵，才知道這位小男孩竟是林武力的幼子。在危急時託孤給英慧，希望能避免被滅門的下場。

由於當時朝廷正加強對全島部落的監控，英慧力主將那男童帶給認識的漢人郊商，反而容易逃過嚴密的追查。英家老爺也就由得他去了。現在看來，英慧卻是交給了郭光天，風頭過後由萊炭部落扶養了。

英家老爺忽然想到：「雍正十年時。海防補盜同知尹士俍藉口有龜崙族人酒醉殺漢人，帶兵掃蕩了這一區域。世人皆以為是郭樽為了獲取開墾土地，與官府合作進行武力展示。這老朋友還因此被人稱為『**借兵墾地的郭光天**』。但事實是……尹士俍是為了加禮！**當年官府在秘密追捕林武力的血脈！**」

此時仔細端詳，這加禮一身剛毅與英勇的氣質，果然十足便是林武力的風範。

英家老爺知道那位老友的家世乃是大肚王國之已故領袖、白晝之王的直系。（此為原意翻譯，原始讀音為Lelien、漢語可翻做林立恩）

也就是說，這位加禮……

「居然是『**被封印的黑歷史中，神秘王國的正統後裔**』？沒想到那小男孩竟長得如此健壯了。」

英家老爺不禁心想：「難道冥冥之中有緣份？」

仔細思考過後，對佬密氏說道：「便先請加禮勇士擔任小女英娜的護衛。待本人考核能力之後，再決定下一步。您意下如何？」

聽到這裁決，英娜只覺得一抖一抖的。腦中努力歸納一下目前的狀況：「所以未婚夫……不對！還不是未婚夫！只是護衛！嗯、所以、這加禮是『我的』……護衛！要等阿公考核能力……哇！哪考核過豈不是？」

不用看都知道自己臉一定比關公還紅，只巧的是，大廳上的眾人幾乎都沒在這時注意英娜。除了一個耿直的年輕戰士，但他一點反應也沒表現出來。

倒是一聽到這事可成，佬密氏立刻笑的兩頰都鼓起來。看起來還真像是看到魚的貓：「沒問題！總之英娜小姐可以先試試看。

（英家老爺：漢人沒有先通後娶這回事啦！）

（英娜：通、通……通什麼？）

若覺得不夠，那就多試幾個。這可是這裡少女的傳統權利，加禮決不會吃醋！就先這樣吧。然後……」

佬密氏忽然手指窗外喝道：「還一個傢伙給我滾下來！」

台灣小事典

平埔族婚姻相關記載與文件：

《噶瑪蘭廳志》：番俗以女承家／凡家務悉以女主之，故女作男隨焉。

《東瀛識略》：番多以女承家／番俗皆先通而後娶。

《番社采風圖考》：番俗以女承家，凡家務悉以女主之，故女作而男隨焉。
《番俗六考》：一女招男生子，則家業悉歸之。
《諸羅縣志》：錢穀出入，悉以婦為主。
《裨海紀遊》：番俗以婿紹瓜瓞，有子不得承父業。
《皇清職貢圖》：各社終身依婦以處，贅婿即為子孫。
《台海使槎錄》：其俗先通後娶。

也只有劈腿了的處境

「還有人?!」

英家老爺警覺急升，為何沒有任何感應？竟能隱藏氣息到這地步，不知是何方高手。

佬密氏手一揮，大喝：「空氣砲！」

「轟」地一聲！從屋簷上掉下一人，正是壺麗。昨晚被英家老爺和達吉斯・都奈撞見，壺麗二話不說，再次演出腳底抹油戲碼。現在卻又跑回來偷聽。

英娜心想：「好佳在是沒事，沒事就好。」

達吉斯・都奈反射地想起身攻擊，前方卻忽然出現一人阻止去路。

正是佬密氏，此時用責備的語氣說道：「早就和你說過不是了。這傢伙會變成小孩子，是因為魯凱族（音Drekay或Rukai）蛇神婆婆教他的『小人術』。可以變成小孩子，和女巫附身無關啦喵！」（阿泰雅語）

聽得懂的英家老爺眼眉一跳，心想：「原來這達利・都奈變成小孩子，是後來另有奇遇。雖不知道原委如何？但看來和眼前的凶案無關。」

確實、現在獵人頭的罪犯都已經現身了。

但是達吉斯・都奈卻急著說道：「可是他身上還有女巫哈莫尼的氣息。才會把以前很有男子氣概的哥哥，變成這樣……和女人一樣！可惡的女巫！我一定要……」（阿泰雅語）

「囉嗦！你的腦筋真的很硬喵、怎麼解釋都不懂！」（阿泰雅語）

佬密氏口氣也轉為強硬：「那我用你聽得懂的說法好了。如果在我的面前亂來的話！我會把你捲到高空去，再重重的摔下來！決不會摔死你，但會讓你半死不活，在眾人面前大大出醜。怎、麼、樣？還是我們在『郭老爺』的屋子裡就放尊重一點，大家都不要動手喵？」（阿泰雅語）

居然敢威脅阿泰雅族的熊之勇者？

通曉阿泰雅語的英家老爺。只聽得訝異不已。更誇張的是，達吉斯・都奈居然忍下來了。乖乖地回到自己的座位上。心中對於這佬密氏的真面目，不由得懷疑到極點。

不過壺麗卻是是趁這機會，一溜煙躲到英娜的背後，還用顫抖的聲音說道：

「好可怕、主人、好可怕喲！」

又是一副想找人抱的撒嬌模樣，其實英娜也擔心這朋友一整天了。於是下意識就把她當小妹妹抱著，還安慰的拍了拍頭。才發現一件奇怪的事：「這個壺麗……好像變得更矮了一點，也更小了一點？」

還想問時，卻是一只茶杯飛來「吧」的一聲，倒扣在壺麗的額頭上。居然裡面還有熱茶，就這樣流了滿臉。

佬密氏：「英娜小姐別被騙喵！這傢伙犯賤、喜歡被打！請用力把她打到你滿意為止！」

話說的惡毒，但是眼前的壺麗。居然也沒反駁？

英娜心中不禁覺得：「好像接觸到人性的黑暗面。」

總之、郭光天請大家坐好，接著便說明從竹塹所得到的情報。當然在說明時隱去了王世傑的部分，不過卻鉅細靡遺的說明了朝廷、反叛幫會與熱血正漢赤蓮軍的歷史緣由。英家老爺也權充翻譯，但佬密氏精通漢語，於是只需說給達吉斯・都奈聽便可。

（未免累贅，以下將簡略翻譯過程）

郭光天：「眼前的問題如此，需要的藥材都買到了。老友你有什麼要補充的嗎？」

英家老爺點點頭，對著眾人說道：「以目前所見，這赤蓮軍所召喚的怪物有二個。協助陳蓋的那隻白臉、紅腿的巨猿叫做『朱厭』！根據古典《山海經》中記載，屬於兵亂之兆的五隻怪物之一。只要朱厭現世，不久將出現戰爭之禍。」

佬密氏：「什麼嗎？那不是很平常喵？」

這回答讓英家老爺都不由得苦笑。對此地的居民而言，戰亂可說是見怪不怪的日常：「現在比較棘手的是另一支獨眼、白首、卻有著蛇尾巴的牛怪。那隻妖怪名字叫『蜚』，是屬於疫病之兆。也就是說會傳染疾病。相傳蜚一進入湖水中，水就會乾涸，極可能汙染水源。郭老爺今天買的藥物，就是用在水中消毒的。」

郭光天：「這次採買的量足夠郭樽和萊崁部落以及一到二個阿泰雅部落使用。再多的話，需要時間調度。但這只是預防性的。畢竟大範圍的污染很難防治。」

達吉斯・都奈：「這怪物喜歡水？很有可能在大姑陷溪的下游水潭、稱為大溪頭（今日桃園石門水庫）的地方。我們可在那埋伏、狙擊他們。」（阿泰雅語）

但是話說出來，英家老爺忽然也不再傳譯。氣氛更變得詭異絕倫。

不只阿泰雅的戰士，連英娜都感覺到這股僵硬的氣息。

卻是佬密氏，哈的笑了出來：「漢人不想打戰喵！」

英家老爺臉色沉重的說道：「漢流、洪門有著和朝廷抗衡的實力！而且這中原第一大幫、隨時能聚集數千高手、上萬死士、事實是連附近駐軍也不敢隨意插手。現在已經取得總會下的禁制令。我們應該以此為擋箭牌，避免與赤蓮軍衝突……」

達吉斯・都奈：「即使明知道對方會殺害無辜的小孩和女人也一樣嗎？那是害怕而且膽小！」（阿泰

雅語）

被譏膽小？英家老爺怒道：「你砍的人頭還不夠多嗎？沒資格這樣說我！」（阿泰雅語）

沉重的空氣幾乎凝結。英娜雖然聽不懂，卻感到英家老爺語調帶著一絲心虛。

達吉斯・都奈一挺腰桿說道：「在下砍的人頭很多，但都是和在下對戰的勇士或獵人。有一些阿泰雅獵人在出草時殺害小孩和女人，被我撞到這種懦夫也是一刀一個。如果你要把帳算到我頭上，那也可以。但是我絕不會在邪惡之前害怕畏縮。」（阿泰雅語）

義正嚴詞、毫無迷惑。

本想爭辯的英家老爺，一時之間卻不知如何應對。

郭光天：「我大概知道你們在爭辯什麼。請幫我翻譯一下，由老夫來說明吧。」

說完一伸手，竟然在眾目睽睽之下，將腦後的長辮解開了。

「我是漢人！」

環視大廳，毫不掩飾。其時朝廷國法：「不留辮、就留頭！」

雖說早已要家丁、僕役等閒雜人退出。但還是讓英家老爺冷汗直流。

郭光天：「八十四年之前，滿人打入北京，最後一個漢人皇帝上吊自殺。之後滿人便下令漢人男子都要留著像是姑娘的長辮子以示效忠。這長辮子就象徵著漢人失去民族名譽，而淪為奴才。也因此這八十多年來，漢人有志之士無不努力進行『正名』與『復名』、也就是回復漢人名譽的抗爭。」

佬密氏：「所以為了漢人的『正名』，你們就欺騙自己對赤蓮軍的邪惡行為視而不見嗎？郭老爺和英家的，你們心中希望能反清復漢，卻也改變不了對方本質是黑暗邪惡、泯滅人性的事實！不過我能理解這處境就是漢語說的瞻前顧後、左右為難怎麼做都不對！」
「不在乎不就好了？」
插話的卻是壺麗。但那傢伙卻又一縮就躲到英娜身後。
一陣沉默之後，達吉斯・都奈首先起身：「你們漢人的事情和我無關。要是被人欺負，我會反擊；被壓迫，就反抗。這群人在我們獵場使用邪惡的巫術，就有足夠理由讓阿泰雅黑夜部落戰鬥到底。從此以後我自己打自己的！不會牽連你們，請放心吧。」（阿泰雅語）
說完只看了壺麗一眼，隨即站起轉身就走。
這邊只見佬密氏一個空翻，卻穩穩落在後方的夏胡立肩頭。
佬密氏：「我能理解漢人的處境啦喵。
一邊是想在這海島建國的狂熱分子。
另一邊卻是毫不尊重在地人民的傲慢朝廷。
但實際上平民哪邊都惹不起，也難取捨。
就像女孩左右為難時，也只有劈腿了嘛。（英家老爺：是運動嗎？）反正，我不會做出妨礙漢人同伴安全的事喵。」
說完也不等回話，一拍夏胡立的背，便往門口走去。卻是一面笑著一面喊道：「總之，這加禮便拜託英娜小姐照顧喵。」
英娜：「什麼照顧啊？……」
還待回應，佬密氏與夏胡立早去的遠了。而那加禮則不徐不緩的走到英娜面前，躬身行禮說道：「請多照顧。」

咦？咦？咦？英娜心中不禁亂想：「這是……『我的』嗎？」

是晚，英家老爺將加禮安排在距離英娜姊弟房間不遠的客房。自己卻要帶隊到虎茅庄前緣的哨所守夜，以防赤蓮軍再度來襲。

英家老爺：「我相信你會堅守警衛的職務吧。漢人的禮儀、晚上除非必要，不可以闖進小姐房間的。」

加禮點頭道：「漢人傳統是婚前男女授受不親，而且隔幾間房也能聽到小姐的狀況，沒問題。」

眼見這少年正直的眼神，英家老爺也滿意的點了點頭。正要轉身離去時，卻聽著加禮說道：「有件事十年前沒說，謝謝您救我一命。」

聽到這裡，英家老爺不禁眼眶一熱：「林武力有後！看到你長得如此健壯，相信他在天之靈有知，必會感到欣慰的。」

說完便放心的將孫子、孫女的守衛任務交給他。加禮的氣質，就是這樣令人信賴的戰士。

待英家老爺走遠，加禮忽然說道：「還請小姐早點休息，這裡有加禮做守衛。」

在走廊一端，小心的探出頭、觀察狀況的。正是英娜。

「啊、那個……」

英娜小聲地、居然有點害羞地說道：「謝謝你昨晚保護我們。」

勉強擠出這句話、語調也怪怪的。英娜也知道這是因為有人亂點鴛鴦譜所造成的。

「彆扭到極點……那個佬密氏真是的！」

英娜肚子裡暗罵，口上卻說道：「那也請加禮先生早點休息吧，今晚有阿公在前方守著，應該很安全。」

忽然又覺得這樣和男生說話有些害躁，正想轉身離去時。卻聽到加禮說道：「英娜小姐，請妳明白即使沒有土目的命令，本人也早就決定一定會用生命守護妳。」

哇！怎麼和九歲的小女孩說這種話啦？英娜只覺臉頰忽然燙得要命！完全不敢回頭，便直奔自己房間。

而加禮當然沒有追上去，眼前卻出現壺麗、一手插腰、一掌前推：「不准過來！男生、止步！」

……男生嗎？

魔力甦醒

達吉斯・都奈猜對了。這熱血正漢赤蓮軍的目標，的確就是那「大溪頭」！

只見嫵蟷道士在岸邊的法壇上念咒施法，猛然大喝一聲！

牛妖、蜚的身上居然擴張出一個圓形、似有質量與熱力的空間。一進入水中，立刻沸騰起來，水流被這熱力障蔽蒸發見底。

這牛妖在大溪頭潭底緩慢行走，忽然在岸上的巨猿、朱厭高聲怪叫。煙霧迷漫中，潭底卻有一小點光芒閃爍。而幾乎在同一時間，無數赤雷打在周圍。幾個赤蓮軍立時死於非命！

嫵蟷卻是高聲呼叫：「成了！找到『人神契約』了！」

即使有同伴喪命，這群人卻毫不傷心，反而高興地大吼。

陳蓋更是意態若狂：「民族復興大業終於露出曙光！同伴的犧牲是值得地！」

一句話讓正漢們一同狂吼：「犧牲是值得地！」

陳蓋：「今天、我們創造歷史！」

正漢們：「創造歷史！」

陳蓋：「我們將復興大漢、獨立建國！」

正漢們更是竭力狂呼：「復興大漢、獨立建國！復興大漢、獨立建國！」

耳聽屬下熱情呼應，眼看目標在即，嫵蟷也是心頭狂喜：「大首領賜給的魔法陣將會帶領我們取得世上的魔力源種！魔力越強、武功越盛！漢族復興大業、也就更快成功！到時候……」

抬頭望天、深吸一口氣、高呼：「唯一能復興大漢帝國的希望！就是那順應天理循環而誕生的『血骨龍皇』！只要龍皇降世，必能帶領我們大漢子孫再創盛世！大漢民族萬歲！萬歲！萬萬歲！」

場中妄徒竭力吶喊，為了滿足他們內心的狂妄理想，將不惜濫傷無辜之人。

卻沒發現遙遠的山丘上、一個神秘人、冷淡的眼神透過了鏡片、穿過了夜空與煙霧。默默地看著潭底閃爍的那點光芒。

「看起來像是某種寶石。啊！和昨晚英娜小姐身前出現的靈氣類似。」

不一會轉身消失在黑夜樹林中。距離遙遠、自命不凡的赤蓮軍甚至沒有發現他的存在。

◆

今晚郭樽諸人都心事重重，大概只有一個例外。

「主人、衣服都放在這裡了。」

剛剛客人一走，壺麗就拜託讓他（她）留下。畢竟也算保護了郭樽，郭光天和英家老爺商量後。

「就交給英娜妳決定。」

怎麼說英娜也狠不下心趕人。最後還是讓她（他）留下了。

看著把衣服拿進來的壺麗。英娜噓了一聲：「小聲一點，弟弟剛剛才睡。」

壺麗一聽、一手摀住張大的嘴巴。稍微緊縮著身體，瞪著大眼睛注意否把英宗傑吵醒了。確定沒事了，才鬆了一口氣。小心地輕輕地、將洗好曬乾的衣服收進櫃中。

這一連串小女孩似的動作、實在是表現得太可愛了。所以知道內情的英娜、不由得生出一股雞皮疙瘩。

忽然想到：「壺麗、妳為什麼說不在乎就好了？」

也曾聽過有人說、覆巢之下無完卵、沒有國哪有家。但是壺麗似乎毫不在乎。

壺麗：「漢人當皇帝就當漢人嘍，滿人當皇帝就將滿人嘍。反正都是人嘛。」

英娜：「……這樣柔軟的身段好像也是一種作法。但如果像現在北京的皇帝一樣。強迫你綁辮子、或做一些很討厭的事怎麼辦？」

這是一個自古以來就很嚴肅的問題，但這怪女子卻呵呵笑道：「那壺麗有把握只帶著主人逃走。啊！是一定能帶著主人逃走。其他的我都不管。」

聽到這，英娜不禁想著這壺麗似乎「逃」的很徹底啊。不但逃離了自己出生的部落、家人、甚至也逃離了自己的姓名與性別。

「所以她一輩子都不在乎的逃走嗎？但是、卻逃的很開心啊。」

不禁轉頭望著這奇怪的同伴。忽然又覺得，好像是哪裡不對。

壺麗：「衣服收好了，主人請早點休息嘍。」

嗯、英娜應了一聲。看著壺麗出去，卻總是覺得哪裡好像不對勁。忽然想到：「為何是這傢伙將衣服拿過來？不是有女僕阿姨嗎？」

友邦壺麗在郭宅另一邊找了房間，英娜衝進去。卻發現壺麗手上正拿著「肚兜」、也就是這時代的女性貼身胸衣。正貼在自己胸前，比對是否合身。而且這尺寸還是小號的……

有種青筋暴起的感覺、英娜：「那、應該是我的肚兜吧！」

聽到這危險的語氣，壺麗嘴巴半張、眼珠無目的轉了幾圈後，乾脆心一橫笑著說道：「啊！看到主人這麼漂亮的衣服，忍不住試一下……」

話還沒說完！後方趕來的加禮挾著一股秉烈刀氣，劈頭就砍下去。

◆

深夜後，處罰完褻衣小偷的英娜也就先睡了……

壺麗：「大、哥哥，你可以去睡覺了啦。」

聲音還是很柔很嗲，不知道的人可能會誤會是少女在關心心愛的大哥。但現在的狀況是，壺麗因為偷竊被懲罰，綁著吊在樹上了。

加禮：「英娜小姐說過了，你今晚敢解開繩子，立刻就趕你走！」

壺麗：「加禮大哥哥、我很怕你的刀拉、以後不敢再犯了，真的啦。」

加禮：「砍在臉上都沒一點傷痕、佩服！但不想接受假話。」

確實，連玄鐵斷鋼重劍都沒用，加禮想傷到壺麗更是絕不可能。

壺麗：「因為本人是『臉皮最厚的阿泰雅』嘛。那個……主人沒有說要大哥哥看整晚吧。」

加禮：「英娜小姐也沒要在下睡覺。」

哇！那要是不說，難道你不睡覺了嗎？壺麗氣得牙癢癢的，但也真怕在監視下隨便掙脫繩子，就真的被趕出去了。於是、這二個就這樣鬥嘴不停、卻也沒什麼意義。

反而是屋頂上不知何時出現了一隻白貓。看著這一幕，居然貓嘴吐出人話，低聲罵一句：「這兩個、笨蛋！」

接著便自顧自地，走到英娜姊弟的房間之外。確認裡面的狀況後，縱身一跳到屋簷上。嘴一張卻吐出了一朵白花？

「老朋友，這位就是英娜小姐喵。」

白花花瓣隨著話語崩解，卻散出一種馨香的氣息。透過了屋頂、更透過了英娜、滲入了她的夢中。

「英娜小姐、英娜小姐。」

當聽到這呼喚的時候，隱約知道自己是在作夢，也沒有感覺害怕。

忽然一股力量佈滿全身，英娜眼前又出現了那白霧的方陣。

┌┬┐
├┼┤
└┴┘

那女子說道：「伸手摸摸看。」

有了上次的經驗，英娜伸手再次撫過這些符號。雖說應該是虛像而已，但手指一接觸，這些符號不但變得更亮、而且也稍微變大、更似乎有接觸到煙霧的感覺。偶爾接觸到二個連續符號時，英娜甚至會聽到聲音。而且這聲音，就像是自己在念書一樣，而且就像是由自己腦中發出的，而不是由外面傳來的聲音。

「請英娜小姐按一下右上角和左下角。」

英娜於是按了┐和└立時看到二個符號橫向凝在方陣燒前方的半空，並聽到聲音「君」（讀音為Kun、ㄍㄨㄣ，此為漢語南方方言、俗稱之福佬話或台語發音）。

「請英娜小姐由這方陣左下方，由左而右，由下往上用手指掃過去吧。」

於是英娜手指逐次掃過……

卻發現除了┼沒有聲音外，其他八個符號都有讀音。於是當手指掃過└、┴、┘、├、┤、┌、┬、

「等八個符號時、發音依序為：「君、滾、棍、股、群、郡、棍、滑」等八個發音（請參照附錄）。

就像是哼著歌的音調一般，而且似乎暗合歌唱的聲運高低。而眼前的「和」符號下方中央處，更是隨著英娜的手所指，不停地變換著。於是便隨意地在這霧氣方陣上滑動手指，並聽著讀音玩耍。

「英娜小姐請選定一個音，然後再點選┼和另一個符紋吧。這樣就完成了第一個大語符紋。」

嗯、應該是重要步驟了。於是英娜在君、滾、棍的**棍**音（漢語南方方言，讀音kùn）時抬起手指，在繼續時稍微猶豫了一下。

「別怕，妳做得很好。」

此時在屋簷上的白貓，不禁露出微笑心想，這女孩果然是聰明啊。忽然吵罵聲傳來，是壺麗與加禮二人越吵越大聲，擾亂了安寧。

就在此時，英娜也放膽點了┼和├，於是最後二個符號便發出了**去**的聲音（漢語南方方言，讀音khì）而店在剛剛的三個符號之下。

英娜忽然理解：「這一個字？如果剛剛三個符號是一個音，現在下方二個符號是代表另一個音！那這個字是**棍**（kùn）和**去**（khì）合在一起，那是……」

說著稍微合了一下嘴吧，恍然大悟：「這個字讀做**睏**（讀音khùn）！想睡覺的睏嗎？」

像是呼應英娜的領悟一般，前方的符紋也組合完成並散出聲音與魔力。

（睏 khùn）

在屋簷上的白貓也嚇了一跳。萬萬沒想到英娜第一次，便能完成切音並輸出魔力。

白貓：「既然如此、借一下嘍。」

貓爪一揮、將英娜的符紋魔力，導向正在吵架的壺麗和加禮，結果壺麗立刻便睡著，加禮卻不為所動。

「這孩子能抵禦大語符紋的魔法！什麼時候這麼厲害了？」

白貓頗為訝異，卻發現加禮雙目炯炯有神，鼻子卻吹出悠長的氣息和……鼻泡？居然睜著眼睡著了。

讓這白貓不由得暗罵個不停。

那女聲又說道：「英娜小姐今晚就這樣吧。再教你一個符紋。一樣使用**君**的母音，用第二個音**滾**，對了，就是⊥ 符號，下面子音用十、ㄱ。對、就是**滾**（音kún）切音**鶯**（音ing）合成的**隱**，隱身的隱，心中要想到他的意思。」

英娜照做之後，眼前浮現符紋。

（隱 ún）

「然後啊，英娜小姐請睜開眼睛吧。」

一開始，英娜只是微微的睜開惺忪的睡眼。躺在床上，看著一隻手伸向上方。看著打出的符紋、還在半空據而不散。然後……然後……英娜忽然完全醒了！

「想要知道全部的事，還請小姐不要告訴其他人，到元帥廟後面的樹林來吧。」

一面聽著，英娜卻是無法移開視線……手臂前方因為符紋的影響、完全不見了！好一會才看到自己半透明、慢慢回復的手掌。

台灣小事典

大語符紋的原型——十五音

十五音，是由漢語古代的韻書基礎發展出來的拼音法。以十五個子音為基礎。能進行「閩南語（台語）」的拼音。

大語符紋則在此基礎上設計，使之成為類文字的符紋。在台灣流傳約從同治年初期開始有明確的紀錄，約從同治十年（西元一八八四年）到民國四十年左右（西元一九六〇年）一直是台灣人教授習字的第一課，地位等同台語的注音，在近代因推行國語，而被刻意地忽略。

沈富進在民國四七年的「結音尺牘」清楚的表明了當時運用的狀況：

言文對照　閩語結音尺牘　梅山沈富進著

一、商業創業類

◉租屋開店

〇〇先生台覽，(1)頃聞〇君提及，(2)尊處尚有餘屋招租。(3)弟與摯友〇〇等(4)擬創設文藝學社，(5)以資鼓勵文化，(6)如蒙俯允，(7)祈即

百年保身大計

經歷昨晚的不可思議體驗後，英娜一早再次試驗。發現只要自己意志夠集中，這方陣簡直隨招即來。而且其他人都無法看到或感覺這白霧方陣。

趁著道早安時，故意將方陣留在身前。但即使是英家老爺，居然也毫無所感。

「這實在太厲害了……」

雖說家傳的五行術數，堪稱是武林一絕。但漢族傳統觀念是這種武功與法術決不會教授女孩，反倒是會傾囊傳授給弟弟英宗傑。過去英娜也曾就此要求希望能學習此類技術，但即使是私下會教英娜讀書識字的父親也不肯傳授。

「要是告訴阿公，說不定就學不成了。先照指示別告訴人，去那元帥廟一探究竟吧。」

但一連幾日卻沒有機會過去。因為在英家老爺的建議下，郭樽暫時地將運作的中心往北移。

此時在虎茅庄沿海，郭樽除了一開始的許厝港（今日桃園機場旁許厝港溼地）之外，還開發了幾處小碼頭。

其中英家老爺選擇了一處位置較為北方，在溪流出海口的小港。

英家老爺：「由目前來看，對方似乎只會以強勢正面進攻，也還沒有全面圍堵的兵力。此處地形處於河、海、山的交界處，這溪流上游更是萊炭一族的大本營，有事容易互相照應。一旦遇襲，戰術上可用河流阻斷敵軍攻擊。情況不利則用船舶或沿海小徑往北轍。希望到新庄（今新莊）或滬尾（今淡水）能有人接應。便可逃過一劫。」

郭光天點頭道：「老夫與北方的『陳賴章』素來交好，可以先做打點。萬一有事，便可接應上來。」

這裡所說的陳賴章並非一個人名，而是由陳天章、陳逢春、賴永和、陳憲伯、戴天樞等五人合資，於康熙四十八年（一七〇九）在大佳臘（今萬華、永和、新莊）一代開拓的漢人墾號。當時號稱全島最大的墾號。

計畫擬定，於是將原來許厝港的船全部轉到北方的港口。而且還搭建更多的簡屋。

英家老爺：「這次雖然是暫時措施。但此地的形勢絕佳，以後也可充作緊急時的基地運用。」

於是說服了郭光天，開始強化此地防務。這時代要是築起像是城堡般的城牆、甚至柵欄、都會引起官府注意。因此改以在周圍移植了大量的竹子，互相之間成排交錯便於防守。而且竹排間留有空隙，即使對方用火攻也不怕。

從此這港口，在後代有了「竹圍」這廣為人知的名字。其歷史更直接反映了郭樽的興衰。

然而英家老爺的佈署還不只於此，最前方防線仍依計畫延伸到蘆竹地前緣。未來巡邏隊訓練完善後，先由暗哨傳回敵人動靜。待敵人經過，就進行騷擾與游擊。為眾人爭取最多的時間。

郭光天都不禁暗讚：「這老朋友果然是戰鬥的專家，找他來沒錯了。」

的確沒錯，歷史更是證明了，郭樽之所以能在這動亂不已的海島立足百多年，這一套防衛機制實在居功闕偉。

◆

在連續幾日的忙碌後，英娜找到了英家老爺不在的空檔。藉口要去遊玩踏青，向郭家的僕役詢問，才知道原來這元帥廟堪稱此地最古老的漢人廟宇。

前明永曆十五年（一六六一）時，國姓爺派駐軍隊中，有士兵攜帶被稱五路財神之首的武財神、玄壇元帥、趙公明的神像祭拜。晚間神像卻發出異光。當地萊崁部落居民認為是神明顯靈，繼而搭建茅廬供俸。隨後永曆十七年（一六六三），千總蔡千熙動員建造較正式的茅屋，永曆十九年（一六六五）鄭成功之子鄭經封稱玄壇元帥為「開台元帥」，並正式命名此廟為「元帥廟」。

「現在問題是，帶那二個去嗎？」

那二個、就是加禮和壺麗了。雖說是相信對方沒有加害之意，但總是防人之心不可無。有這二個護衛，也比較安全一點。

英娜心想：「就叫他們先跟著吧，但不要告訴他們實情。這樣也算是遵守了對方的要求。」

嗯、加禮似乎是不多話也沒有意見的那種。但另一個就很麻煩。

壺麗：「哇！白天出去活動優、嗯、會曬黑耶。」

英娜：「你是害怕太陽的鬼怪嗎？算了、愛去不去隨你。」

怎麼這樣麻煩？英娜完全不想理他了。

不過所謂的賴皮糖，可不是那麼容易甩掉的。

「壺麗小姐，這隻牛行嗎？這是最強壯的一條了。」

看著幾位年輕的羅漢腳農工，所牽來的水牛，壺麗高興的叫道：「謝謝各位『大哥哥』！這裡是剛剛借了廚房做的，給『大哥哥們』加菜，謝謝各位『大哥哥』的幫忙。」

怎麼有一群紅著臉，從壺麗手上接過裝菜樓子的羅漢腳？

英娜還真是傻了眼：「這、這是幹嘛？」

壺麗：「雖說不遠，但也不用走路去啊。坐車子不是比較舒服。」

說著推出一小台牛車，在極短的時間內擦得乾乾淨淨。找來稻草鋪在後座，再蓋上布匹形成軟墊，然後很快地做了遮陽的頂棚。

連英娜都得承認：「手真的好巧……」

不但如此，還現場做了。

「紙傘！」

壺麗笑道：「這樣就不用花力氣走路，小腿也不會變粗。而且也不怕曬黑了。」

英娜：「……算了，就當有個隨從吧。」

嗯、所謂的賴皮糖，可不是那麼容易甩掉的。

於是由加禮駕車，二位小姐（？）就舒服地坐在後座軟墊上了。

看著一群年輕羅漢腳，在遠處用羞澀的眼神不時偷看。還不時討論、謎樣地番族女僕，加禮不由得想：「總說漢人拘泥禮數，其實還蠻熱情的嘛。」

這元帥廟，便座落在竹圍北方不遠的山腳。

到了乾隆時期已是破舊。於是住持周添福在二年前（乾隆四年、一七三九）開始積極尋找整修的財源。

加禮：「居然連在坑仔口（今蘆竹鄉坑仔村）和山鼻仔（今蘆竹鄉山鼻村）的陳姓墾戶委託代管的資金都被挪用。最後是郭老爺子居間穿梭才平息這事。不過去年改建大成後，郭老爺有在此宴請四方，也請萊崁長老做公正。說好不再追究過節。」

英娜：「咦？漢人信仰的事你們也參與嗎？」

加禮：「其實元帥廟的信徒不只漢人。還有不少萊岃部落和坑仔部落的人。」

英娜：「耶？這倒真少見。」

這時代的漢人移民逐漸增加。中原的信仰渡海而來，和此地文化普遍衝突。但元帥廟一地自有紀錄以來，即成為跨族群的信仰中心，在這時代實稱罕見。

加禮：「保佑財富與安全的神明，似乎大家都不討厭吧。」

英娜一想、還蠻有道理的。

壺麗：「所以說嘍，不管是哪種人，需求都大同小異。來、主人請用這個，等下才不怕蚊子。」

說著由一只小瓶子。拔起塞子，清新香氣隨即溢滿四周。

只見壺麗倒出一點淡綠色、半透明的液體。卻並非倒在手掌上，而是幾滴在手腕根部，接著將二支手腕互相摩擦，還抹了一點在脖子上。笑道：「這是我在深山採的蘆薈，混了一點香料與薰蟲草做的。不但香味十足，而且可以防蚊。蘆薈還有保養皮膚、消除皺紋的效果。啊、太囉嗦了。主人請用。」

英娜忽然覺得一種屬於女人的本能瞬間覺醒，立刻放開自己的幻想和感覺。

壺麗：「主人好香啊。讓壺麗替主人擦點嫣紅。」

眼見壺麗打開自己送的簸壺粉盒，還沾了一點嫣紅在手指上。雖然有點想像自己擦上了會不會很漂亮。但過去並沒有化妝的習慣，於是先拒絕了。只見壺麗一臉失望的樣子，只好將嫣紅朱粉抹在自己嘴唇上。霎時人似乎染上了一層溫潤的光澤。

英娜：「……我改變主意了，幫我擦一點吧。」

這段說遠不遠的一路上，就這樣有說有笑也不無聊。在前面牽牛的加禮心想：「英娜小姐好像忘了這傢伙是男生吧。」

當然、這戰士心中是豪不在意的。

然而到達元帥廟時卻是一片哀嚎之聲。加禮仔細一看，認出是在此地的幾個漢人墾號首領。皺著眉頭說道：「不只坑仔口的陳氏。連竹北二堡（今楊梅）的范姜殿高、范姜殿發、范姜殿章三兄弟以及汪淇楚、汪仰詹以及大溪墘槺榔（今桃園新屋）郭振岳墾號的人、奶笏崙莊（今桃園市大檜稽）的林氏和在霄裡（今桃園龍潭）的黃燕禮都到了。此地漢人墾號，除了老爺之外。只有在八塊厝（今桃園八德）的薛啟龍未到而已。」

卻聽得一人大吼：「周添福你要我們離開是什麼意思?!」

卻正是之前與周添福有過節的陳氏。此時手指著一旁的草蓆喝道：「都死了這麼多人！看在平時鄰居的份上也不借我們躲一下嗎？」

順著看過去，英娜不禁毛骨悚然。在前方地上一整排，竟是用草蓆蓋著的屍體！

原來自郭樽之後，熱血正漢赤蓮軍連續幾夜橫掃了此地漢人墾號，到處殺人立威。想來他們對於襲擊神明的廟宇，應該多少有些顧忌。於是漢人墾首聚集元帥廟，希望能尋求庇護。

陳氏：「周添福你就讓我們先住下，大不了要香油錢、你開口就是！」

突破傳統的知母六

「說他們不會襲擊寺廟，是一廂情願。」

但見這廟主、周添福、身材肥圓矮胖、穿著破舊道服。看來三分像道士，卻更像是小吃攤老闆。一臉無奈地說道：「萬一這群瘋子真的打。大家聚在這反而一鍋煮了。郭老爺子那邊怎麼說？」

旁邊有人回應：「早上差人去郭樽探聽，卻原來他們前幾晚也被赤蓮軍襲擊。現在郭老爺子都避不見面。只派人傳話要我們先別去大姑陷就沒事。但這群瘋子毫不講理，誰能保證？」

正在下車的英娜聽到這裡，心中清楚：「阿公和郭伯公並不希望這些墾戶知道內幕，只盡到基本的提醒義務而已。」

雖然也知道以自家為優先考量是正確的，但英娜心中卻有種揮之不去的罪惡感。眼見有家屬正為死者祭拜，於是也走過去上香、暗暗祝禱。

卻聽著：「這群狂徒連汛兵都不敢處理，還請各位考慮一下黃某的提案。向霄裡部落交易……」

話未說完，這人身後一位戴著斗笠的藍衣高個子湊了上來。在耳邊說了句悄悄話，便又立刻退到後方。這墾戶立時改口：「啊！不是交易，而是互助！對、是和霄裡達成互助的協議。由霄裡的戰士提供保護，我們則提供羅漢腳人力協助明年開始的耕作。沒有強制，是互助合作。」

這提議讓現場墾戶議論紛紛。加禮也欠身向英娜說道：「那說話的墾戶，就是和霄裡部落合作的黃燕禮。」

霄裡？英娜不禁想請起初次到這時，所看到的那位知母六。連英家老爺都讚賞不已的部落戰士，卻穿著漢人秀才的儒裝。而且帶著俗氣的眼鏡，裝作是讀書人的樣子。

英娜心想：「根本就不像是部落的男人啊！」

隨即搖了搖頭，揮去雜念。帶著加禮和壺麗一一向受害者遺體禮拜、上香。卻沒注意到，那個戴著斗笠的藍衣人。不知何時已走到後方，默默地觀察著英娜一行人。

卻見周添福往前迎上：

「哎呀、薛啟隆先生！您一直沒出現，大家還在擔心呢！」

轉頭一看，卻是之前見過的薛啟隆。原來這些漢人墾戶正好在此聚會，卻湊巧讓英娜遇上了。

在聽過其他墾戶的遭遇後，薛啟隆一開口、用濃濃鄉音的客語說道：「雖然本人家族沒有被那群赤蓮軍襲擊，但聽到大家的遭遇實在很痛心。老夫想，現在大家該是時候下定決心。離開這野蠻的鬼島！回歸中原的故鄉了吧？」

聽到這，其他墾戶卻是滿臉猶豫。

有墾戶回道：「可是，我們都和官府簽約了。不管是否返回中原，都要依照合約賦稅。現在快秋天了，要丟下今年的收成回去嗎？」

其他幾人也點頭稱是，畢竟是遠離家人來到這海島開墾。要是血本無歸，要如何面對家鄉父老。

周添福也說道：「這、各位如果都回中土去了。那元帥廟不就冷清了嗎？」

薛啟隆：「你們居然還想留在這男無情、女無義的地方？我們這些高等民族何必和這些『鴨滿林』混在一起？早點回去祖國不是更好？」

旁邊英娜一聽，竟是莫名其妙的心中有氣。只有先假裝不關己便是。

其實這「鴨滿林」是客家語，原意是「野蠻人」。

這薛啟隆說得太激動，竟不自覺用了家鄉母語。此時更用一股鄙夷的眼光，卻是盯著加禮。更開口罵道：「你、就是你！你這個沒文化的生番！怎麼可以接近我們漢人神聖的信仰寺廟之旁？還不滾回去吃你的生豬肉……哇！」

話還沒聽完，英娜已氣的奪過壺麗手中紙傘（壺麗一直撐著、怕自己和英娜曬黑）一計飛傘直插薛啟隆臭嘴！更破口大罵：

「什麼番不番？這是漢人廟又怎樣？告訴你、加禮就是『我的』護衛！有人敢罵就等於是欺負我，被『我的』護衛砍死可別怪人！」

說到這卻忽地想到：「剛剛好像連續宣示了兩次『我的』所有權？糟糕！怎麼這樣不要臉?!」

一下子覺得雙頰火熱，只好先低頭掩飾。

而那薛啟隆稍微退縮後，又臉現鄙夷謾罵：

「你們這些連字都不會寫的社番！即使想學漢族的模樣，也不過是學著穿人衣服的蠻族！像那個知母六一樣，再怎麼像，也不過是蠻巴子。噁心透頂！你們……你……」

說到最後卻只得著口。因為加禮雙眼忽地銳利無比、同時掌撫刀柄、氣勢徒生、眾人見之無不心驚！這少年鋒芒畢露！即使武林高手也不敢輕易挑戰、更何況是尋常莊稼漢？

而英娜聽到薛啟隆那句「蠻巴子」，更是怒髮衝冠！當場只想給這傢伙一點顏色瞧瞧！其他的不說，光壺麗一個巴掌，就夠打趴了吧。

「英娜小姐何必這樣生氣呢？要是在這傷了人被追究，不划算啊！」

有如醍醐灌頂，英娜立時想到萬一被英家老爺責罵：「說不定以後都不能出來了！等等、是誰在說話？」

卻見黃燕禮身旁那人脫下斗笠。赫然竟是霄裡部落領袖——知母六！

薛啟隆看是知母六，怒道：「嘎四鴨滿林！」（客語，又是野蠻人）

這知母六卻對謾罵豪不在意，反而臉露微笑向四周漢人墾戶環手一拜：「都在這塊地面生活，在下對漢人的進步技術與文化也很崇拜。現在面臨不講理的壞人，大家更應該互助合作才對。」

這樣子實在不像是部落居民，即使用漢人的眼光來看，也顯得秀氣。

「和加禮的戰士霸氣剛好形成對比，但是……」

英娜不禁心想：「卻同樣有能掌握一切的自信！」

確實、這知母六身段柔軟、滿臉的笑意，目光卻有如盯上獵物一般。

薛啟隆更是對這樣的態度特別敏感，又是不顧一切大罵：「不知身分的下等蠻子！竟敢穿著漢服假裝和我們高等漢人說互助合作？還不給我滾回去你的蠻巴子狗窩吃生肉去！」

這薛啟隆的說話，總是充滿高人一等的自傲與歧視，以及歧視性的汙衊。

但知母六的態度卻更為誠懇、圓融。不亢不卑地用平穩的語調說道：

「漢人的俗語也說『金窩、銀窩不如自己的狗窩』。重點是希望能保衛家園的心，不論任何人都是一樣。霄裡雖然並非什麼大番社，但戰士勇敢、忠誠可靠。絕對能保護各位的安全。」

薛啟隆：「你這是想發財還是想勒索？告訴你漢人不屑吃生肉的保護……」

話還沒說完，有個老年懇首忙打斷說話：「其實番社也不是吃生肉的，薛先生別太過份了。」

周添福也打圓場：「這……薛老闆、本寺還有不少番社的信徒。大家和睦相處，通力合作才對。老闆您就少說二句吧。」

接著周圍墾戶也你一言、我一句。或是發言支持霄裡的提案，或是或是表達中立的立場。

薛啟隆被晾在一邊，好一會才醒悟。

先不管眾墾戶心中是怎麼想的。但霄裡戰士的保護，現在對眾人而言，就像是救命索一樣。不由得向知母六望去。卻發現這霄裡首領此時卻極為恭謹，做個四方楫後退了一步又站到黃燕禮身旁。然而那微笑的神情，卻又像個隨時會伸手幫助自己的多年好友。

一旁的英娜終於意識到整個情況，心想：「是擔心漢人的傲慢。所以讓黃燕禮出面嗎？因為要阻止我才曝光，算是欠他一份人情了。」

但望向這部落戰士之首，打從心裡覺得：「實在是八面玲瓏，真不像是傳統的部落男子。」

而在同時，郭光天與英家老爺正在彙整眼前的狀況與情報。

就如同之前所預測，各地已開始出現零星的病情。不但是牲畜、動物。連農作物與植物都出現影響。也傳出有人陸續病倒。幸好郭樽早準備充足藥物，此時還能支援四鄰，並未出現死者。

郭光天眉頭深鎖：「萬一拖到秋收時期，損失必然可觀。重點是、他們到底要待多久？還有……這赤蓮軍到底是想做什麼？」

英家老爺：「那群正漢似乎想在潭底挖東西。用獨眼牛妖的力量逼開湖水，幾組人連夜連日在潭底作業。」

看著郭光天投過來的好奇眼光，英家老爺所幸坦白：「這幾晚都有偷偷潛入大姑陷探查。不用擔心，對方完全沒發現。」

郭光天眉毛一揚，這老朋友果然值得信賴：「那麼現在的問題只有、這群人倒底會待多久？」

二人又討論了一會，總覺無計可施。這時家丁跑過來，說是正門有人派訪，還送上拜帖。

拜帖的印章、竟是在這海島的朝廷最高首長。兼任知府與分巡道的劉良壁。

郭光天渾身一震：「劉大人算是難得的好官了。這幾年北部漳州系和泉州系的移民衝突日增，也是靠劉大人排解。去年說要重修府誌，老夫也毅然捐款資助……」

（註：乾隆六年時、劉良壁兼任台灣府知府與福建分巡台灣道，並於乾隆五年（一七四〇年）主持編修《重修福建臺灣府志》二十卷）

郭光天立時要家丁整隊、開中門迎接。

只英家老爺眉頭一皺，總覺事情並不單純：「老友，非常時刻，來者必然是非常人。」

聽得提醒，郭光天也暗自小心。長期在是非之地生存，早已養成事事謹慎的習性。

然而前門的二位貴客，卻是大大出乎意料之外。

為首的是一位老人。身形削瘦、滿臉皺紋深刻、嘴鬚髮辮全白。雙手十指枯瘦、身形卻似乎比一邊人更為修長。

但見這老人轉頭面向郭光天，雙手作揖、恭腰一拜：「老夫乃致仕翰林、林碧山，這位是老夫學生晉安，在此見過郭光天先生。」

說的是官話，態度更見恭謙。

所謂的翰林，在當代又被稱為大學士，實是國家最高位的學者尊稱。而「致仕」翰林，意思就是退休的翰林大學士。

郭光天連忙回禮。但當這位翰林學士抬起頭來，雙眼卻是一片白茫茫地……居然是個瞎子！

似乎已習慣這樣的反應。林碧山所幸閉上雙眼、又露出淺淺微笑：「老夫年輕時不幸患病，雙眼早已

『青瞑』（漢語南方方言，音為ts'ẽ-meˋ，意思是瞎子），請別在意。」

居然在官話述說中夾雜此地方言來對話？確實讓郭光天平添不少好感：「不好意思。大學士大人駕臨郭樽，在下不勝惶恐。請進、請進！」

說著想親自帶著林碧山入門。但那名叫晉安的學生，卻立刻擋在郭光天之前。而且用全身體貼著那林碧山，卻又只是輕輕地讓那老人有個依靠，而不是被擠推著的感覺。

這似乎是很親密的樣子，再加上那晉安一撇小八字戶，卻非常秀氣的模樣。讓人心中馬上浮出了「斷袖之癖」這個成語。

不過這太不正經了，所以郭光天決定在這部分視而不見。

只是這林碧山卻似乎非常心急，一面走一面說道：「老夫本來是應劉知府的邀請，來到竹塹遊玩。並暫時兼課書塾。但是聽說這一帶有瘟疫傳播。老夫對於醫術很有自信，立刻和知府大人上書。憑著一股熱血便搭船過來協助了，還請二位朋友原諒老夫直來直往的個性。」

二位朋友？英家老爺一句話沒說，居然也被聽出來了？郭光天忍不住回頭，看到英家老爺也點了點頭，表示沒問題。

郭光天於是說道：「大學士太客氣了，我們這裡確實出現了傳染病。除了極力張羅藥物之外，也欠缺醫生。有大學士幫忙實在是太幸運了。」

一面說話的時候，郭光天和英家老爺交換了一下眼神：「不知是哪方人馬？唯有繃緊神經，多加小心了！」

看來接下來這段時間，郭樽又多了二個神秘角色。

胸懷大志的男人

雖然住持周添福立刻過來與英娜一行人道歉，說這一群漢人墾首以前都只在中原坐井觀天慣了，元帥廟有很多坑仔部落和萊崁部落的信徒，決不會歧視族群等等。

不過英娜卻不想和這群人走得太近，再加上目標是元帥廟之後的森林。於是乾脆繞過廟口比較好。

「這片山林，算是八里坌與龜崙二大部落共有。雖然現在因為有外敵威脅，都縮回有防衛的大屋旁了。但龜崙的人對漢族並非很友善，還請英娜小姐小心。」

壺麗：「那個黃燕禮是你的部下嗎？」

出聲的人竟然是知母六，貌似將黃燕禮留在前面與眾墾首商議的樣子。

知母六哈哈一笑：「怎麼會呢？小姐、這裡的漢人墾號都是找番社合作的，是合夥人啊！嗯、咦？等等……」

這知母六仔細端詳著壺麗好一會後，露出驚訝的表情。轉頭看到英娜和加禮也點了點頭。

知母六：「原來是偽裝成姑娘？」

壺麗：「討厭！我是女生啦！」

英娜：「這位是壺麗……弟弟……小姐…姑娘……哦……」

真傷腦筋，這是自壺麗出場以來就一直困擾的問題。英娜連介紹時，都要困擾要怎麼稱呼才正確。

知母六眼睛一轉：「既然是『偽裝成姑娘』，建議以後可以用『偽娘』來稱呼。不但簡潔，而且絕不會會錯意。」

咦？說的沒錯！但是本人能接受嗎？英娜不禁望向壺麗。

知母六：「雖然是男扮女裝，但的確是姿色出眾（壺麗：當然）。想必不只外表，內心一樣賢慧（壺麗：沒錯、沒錯）。即使過去沒有前例，但本人可保證霄裡社絕不會有歧視的舉動（壺麗：哇！被接受了！）。霄裡社上下，隨時歡迎偽娘、壺麗大駕光臨。」

看著這知母六侃侃而談，英娜心想：「就算是真的漢人秀才，也無法說的這樣面面俱到。而且大部分讀書的漢人，都歧視這裡的住民。」

嗯，稱呼定下來了。好像是哪裡錯了、又好像是開啟了什麼似的。英娜不禁歪著腦袋想了一下：「以後會有人用『偽娘』來稱呼這種人嗎？」

時間是乾隆六年、西元一七四一年。也算是開創歷史的一刻吧？

總之，看到壺麗莫名其妙的興奮模樣，也為了這朋友感到高興。忽然想到：「以前就常聽到，你們說的『番社』是怎麼回事？」

聽到這，知母六又將眼睛瞇成曲線，居然還像漢人書生一樣雙手攏在袖中，微微躬身一拜，才開始說明：「其實『社』這個單位是以前紅毛（荷蘭）人的制度。以相同工作或地點，一定數量的人為一個『社』的單位來課稅金。後來漢族人也繼承這制度。但不知為何？明明是課稅的單位，卻變成用來計算人數和部落的稱呼了。」

英娜：「謝謝老師……」

反射地就說出口了，因為實在很像是學堂的老師。卻見這知母六笑得更和藹：「英娜小姐果然知書達禮，有著與年紀不相襯的智慧。既然如此，能否聽聽在下的請求？」

只叫一聲老師就讚賞成這樣？英娜覺得嗅到一種虛委的氣息，但還是說道：「請問知母六先生想說什麼呢？」

知母六：「英娜小姐願意和在下共結連理，嫁給我成為夫妻嗎？」

嗯、嗯、咦？等一下！

九歲的女孩、花了好一段時間才能再度運轉腦袋。視線焦距能再度聚集時，卻發現壺麗和加禮已站在面前與知母六怒目相對著。

好不容易整理好思緒：「怎、怎麼忽然這樣說呢？」

面對著一流戰士和怪力偽娘的壓力，知母六卻還是保持著一貫的笑容：

「雖然知道漢人的傳統是男尊女卑，一女不嫁二夫。但吾族、霄裡的風俗，向來是妻子掌管家中的財產與權力。在下雖是霄裡公認的戰士領袖。不過一旦結婚，英娜小姐便掌握家族權力。而且依傳統，英娜小姐願意找幾位丈夫，也絕沒有任何疑問。」

透過二個護衛，知母六仔細觀察英娜暈頭轉向的表情。然後露出一種惶恐的表情說道：「嗯……說起來在你們漢人的眼中，只有熟番和生番。哎呀！霄裡雖是熟番，但英娜小姐還是覺得我們的文化很野蠻。污辱了您的身分、配不上嘛？」

聽到這，英娜好不容易回過神來：「沒有！沒有！我沒有覺得什麼野蠻啊。我爸爸以前也常說，這裡的文化其實也很精緻。只是我們漢人常自尊自大，所以都視而不見。」

知母六：「久聞英慧大俠（英娜之父）斬妖除魔的事蹟，果然見識更是不同凡響。在下絕不敢辱沒英慧大俠之女！據說以前漢人皇帝甚至用黃金做屋子來奉養心愛女子呢（英娜：金屋藏嬌嗎？）。在下於此發誓，必定仿效漢人古皇帝的模範，用黃金砌成大宅，讓英娜小姐一生雍容華貴！」

知道那要多少錢嗎？不要胡說八道！

本來英娜是準備出言諷刺的。但從眼前的二個守衛之間，卻看到了知母六的一雙眼睛之中，充滿了一種堅毅的熱情。英娜隱隱感覺不妙，卻又不由得被這股力量所吸引。於是開口卻說：「你真的能做到嗎？」

話一出口、不禁大糗！心想：「說什麼啊？難道他能做到，還真嫁給他嗎？」

「能做到！」

霄裡部落的領導人物。用肯定而且充滿活力的語氣回答：「現在年輕的一輩可能已經不知道了，但以前南方的『波卡』（知母六用的古音Pocael，也就是竹塹、新竹）一族侵略這地區時，我們索莎莉（音Sousouly。霄裡的古音）戰士可是獨自抵禦了外敵。不像你們帕拉庫奇（音Parricoutsie或Parakucho）部落！居然聽佬密氏姊妹的話，自己分裂成二個部落和紅毛人示好。」

英娜：「咦？索莎莉？帕拉庫奇？」

感覺上，這段談話似乎透漏著過去的秘密，但又抓不住重點。

「那都好久以前的事了。」

接口的居然是壺麗：「聽大巫醫說過，以前這裡最大部落叫帕拉庫奇。後來為了獲得紅毛人的協助，自行分裂成了今天的萊崁和坑仔二個部落。」

「索莎莉（音Sousouly）才是霄裡的古音。」

知母六：「雖然這幾年只是一個屈居黃泥塘的小部落，但是戰士的忠誠精神與傳統從未滅絕！在本人帶領下，再過幾年必然成為這海島最富足的部落！壺麗和加禮你們實在是很出色的戰士。投靠的話，決不會虧待你們的。」

加禮：「在下全心全意只侍奉英娜小姐而已。」
壺麗：「我心中只有主人、討厭啦！加禮你居然先說了！」
知母六呵呵一笑：「那沒有關係的。畢竟結婚後，依照族規英娜小姐是家主。到時每晚要選誰是家主的權利，在下決不會忌妒啊。別忘了屆時掌管全族的是英娜小姐啊，連本人都要聽從家主的命令啊。」
英娜：「家主？」
知母六笑到：「在我們族中，就是指在一族中掌管大權的女性家主。也是我族與漢人截然不同的傳統。嗯、漢人皇帝喜歡收集美女組『後宮』。英娜小姐喜歡，也可以招募強壯戰士組個『逆後宮』。本人保證絕不吃醋！」
「等……等一下！！」
一陣衝擊之後，英娜好不容易組織了比較有意義的反擊：「先不管那套奇怪的婚姻制度。你好不容易建設起來的霄裡部落，就這樣將權力交到我手上？」
「值得！」
要交出長年努力的成果，自己出生的部落。但一聽到這事似乎有可能，知母六卻兩眼生光：
「即便在下是本族最強戰士，婚後族中一切大小事務仍須遵守傳統。在下說的提議只當作是參考，決定的權力都在英娜小姐的手上。而且……」
就算透過厚重的鏡片，依然能感覺那種強烈的熱情。
「人生就是不斷的挑戰！」
這霄裡的傳奇人物，現在全身充滿了無與倫比的活力。用真誠又熱誠的語調說出：

「即使無法選擇出生的命運，但有努力不懈的義務。霄裡迎接我的出生，在下也用全部的努力回應。將其由破敗的邊緣，建設成為強大而富足的部落。這資產讓英娜小姐來繼承帶領，就是本人對部落最大的報恩了。以後、這世界何其寬廣！小小的一個海島怎能困得住我！」

知母六：「我要挑戰這個世界！」

就像是說出了自己的真心話，知母六也不理會其他人，甚至是英娜。只顧著用堅定而誠摯的眼光仰望著遠方，眼光似乎射向遙遠的天際！

但、說來也奇怪。不知為何，這一刻英娜忽然了解「胸懷大志」這句話真正的涵義。

◆

好不容易把知母六打發走。英娜一行人繼續往山林中走去。

不過英娜還在思考剛剛知母六所說的話。加禮面無表情，也沒說一句話。只有壺麗一個勁的抱怨。

壺麗：「那傢伙真的臉皮太厚了。被主人趕走，居然還在那說什麼『不管多久都會等妳』什麼的？厚臉皮！」

英娜心想：「比臉皮厚怎麼比得過妳？」

壺麗可是自號「世上臉皮最厚的阿泰雅」啊。不過英娜一想到知母六說話時的神情，忽然臉頰就燙了起來。連忙拉低遮陽的紙傘掩飾。一面亂想的時候，紙傘面上卻傳來滴、滴的響聲。

加禮：「下雨了，山路一濕滑就難走了。英娜小姐還要繼續找嗎？」

英娜還在考慮的時候，卻赫然發現在加禮背後，一顆樹木居然動起來了？四周的樹木也紛紛地像是動物一樣活動了起來！甚至還連根拔起移動，一舉包圍了三人。揮舞著樹枝，便向英娜三人襲來！

英娜：「樹妖！」

壺麗：「束腰？我沒用啊？主人妳？唉喲！」

英娜：「妳瘋夠了沒有？妖怪啦？」

這壺麗即使在這種時候還在胡鬧？英娜忍不住重重地捏著她的臉頰，不過這一下、卻奇異的減少了緊張感。

這時一隻樹妖伸出了枝幹，像是章魚一樣捲了過來。

加禮爆喝一聲，番刀出鞘一下便將樹枝砍斷，看來對方攻擊力不強。但是隨即更多的樹妖聚集逼近，即使加禮再如何善戰，也難以抵擋這數量。

被「捏」著臉頰的壺麗，卻呵呵笑道：「呼呼呼，英農宗四要嘴互搭場。」

英娜：「是『英雄總是最後登場』啦！快去幫他！」

雖然一隻手還撫著臉頰，看起來似乎是很痛的樣子。但壺麗另一手還是高高舉起，接著就在沒有借助轉腰的體勢下揮了出去。

一陣五級強風，吹的枝葉亂顫，樹妖也不得不退後重整。

壺麗：「還不夠好嗎？那、再來！」

這次一步跨出、立馬沉腰、伸直手臂以求在手掌末端有最大速度、巴掌高度和鼻子相當、便要全力揮了出去。

才看到這架勢，加禮立刻擋在英娜之前：「壺麗！小力一點！」

其實不用說英娜也已蹲下身去。比起知道壺麗的全力一「巴」到底有多強？還是保住自己小命要緊。

卻忽然聽到一旁有聲音：「這樣對環境破壞太大了，英娜小姐還是跟我來吧。」

還沒來的及反應，幾隻樹幹就在腳旁竄出！纏住自己就要往下拉！緊急間一股刀氣卻環身而走，卻是加禮快刀來救。下手準的不可思議，割斷纏身的樹枝卻不傷英娜一絲汗毛。

但忽然地面沉了下去，更多更粗的枝幹猛地冒了出來！加禮唯有拋下番刀，一把抱住英娜，同時層層樹枝也已將二人捲住。眼前一黑，竟已被拉進了地底下！

初遇藤樹神

在霄裡的漢人墾首、黃燕禮，現在正以小跑步，追上前方的背影。

被這漢人墾首稱為老闆的人，竟是知母六。不過知母六卻連頭也不回，更不停步的問道：「那些墾首同意了嗎？」

黃燕禮：「老闆、老闆！」

黃燕禮一面小跑步追上，一面回答：「當然、那些傢伙現在就像是溺水的小貓一樣。只說有戰士能協助保護，馬上就達成了提供人力的協議。」

知母六：「嗯。」

黃燕禮：「所以……所以從現在開始，這些墾戶就會將手上的羅漢腳人力提供給我們，呼、呼、使用了……呼！」

一點都不理會邊跑邊喘氣的黃燕禮。知母六雖然還在聽著報告，口中也隨意地答應。但心中卻只想著：「先用能獲得的人手做大範圍的整地、圈地，再來解決水源的問題。這樣二年內就大大不同了，霄裡將有光明的未來。」

忽然間有又想到了英娜，知母六不禁透出高深莫測地微笑著心想：「啊、如果真能將這女孩掌握在手哩。那現有的這些、其價值根本微不足道了。」

但卻沒想到，心中正在思念的對象，現在正在不遠處遇上危險。

◆

「竟然……這樣結束了。」

知道自己的家中從事的高風險的除妖行業，而且經歷過父親的死。英娜有時也會想著，自己說不定哪天會遇到妖怪而喪命。

但現在卻意外的沒有任何恐懼，只心想著：「真對不起把加禮大哥也拉進來了。」想抬頭看一下加禮的表情，卻可惜在地底太暗看不清楚，但一雙膀臂與雄健的胸膛卻將英娜守護的穩穩地。忽然一陣天旋地轉，卻又重見光明，被拋在一片樹林半空。

加禮立刻一個翻身，仍然抱著英娜落在草地上。

加禮：「英娜小姐沒事吧？」

英娜：「嗯、嗯。」

剛剛在地底自以為必死，還沒什麼感覺。現在發現臉貼著這戰士的強健胸肌，卻幾乎讓英娜羞的要死！只是萊崁的戰士全神戒備，連每滴雨點落地的輕響都聽得一清二楚，卻偏偏沒有留意懷中的少女正一臉緋紅。

猛的一轉身將英娜拉到自己身後，加禮：「有東西來了！英娜小姐等下有機會就逃！」

周圍的林木竟緩緩分開，巨大無比的藤蔓緩緩的攀延至在二人面前。

但離奇的是，這巨藤沒有一絲詭異的氣息，還散發出某種莊嚴肅穆的氛圍。在藤樹的尖端更起了變化，無數細藤糾纏，卻出現了一張木質地、成熟理性的臉孔。

英娜：「是……是觀音嗎？」

仔細看著這藤樹上的女子面容，一股尊嚴而不華麗、不染世俗的樸素、明明是木質的臉龐、卻又張開眼睛、露出了一種智慧與典雅的眼神。實在是像極了傳說中的觀音。

一開口、其聲音更是溫柔婉約：「在下是守護龜崙（Kulon）一族的藤樹神，在此見過英娜小姐。並為剛剛的無禮賠罪。」

啊！這不就是之前在夜裡教授法術的聲音嗎？

英娜才想回話，加禮卻喝道：「英娜小姐請別和魔物搭話！」

卻由藤蔓上傳來另一個二人都熟悉的聲音：「你啊、就是一股死腦筋！從不觀察狀況，只顧著作戰！」

英娜、加禮：「佬密氏?!」

抬頭一看，一隻白貓正坐在藤樹上。忽然往下一跳，卻在半空變化、脹大、待落在二人眼前時，已是那個白髮的幼女土目、佬密氏。

佬密氏：「呵呵、有沒有嚇你們一跳？」

看來是佬密氏開的玩笑，判斷應無危險了。加禮遂放開英娜：「請土目披一下衣服好嗎？英娜小姐臉都紅了。」

佬密氏：「好啦、好啦、本人有點不拘禮數，英娜小姐別見怪唷。」

其實、只有英娜自己知道，臉紅並不是因為佬密氏……但現在最好不要解釋。忽然想到：「佬密氏、你是貓妖？加禮你知道嗎？」

加禮：「雖然知道，但也是第一次看到。」

另一邊，佬密氏還真是「批」上外衣而已。也不管身材在寬大的罩衫中若隱若現，還沒穿褲子。笑著說：「這可是本人的王牌喵。怎麼可以輕易秀給別人看？因為是英娜小姐所以才……咦？」

話說到一半，佬密氏忽然一臉訝異，望著一個特定方向。

加禮也本能地往那方向緊戒，卻什麼也沒有。

藤樹神：「剛剛就發現了，這代死神戰士的潛力，可比的上頂級神魔啊。」

英娜也往那個方向看去，但除了一直沒停下的雨水，和茂密的山林外，卻什麼也沒看到。但過了不久，卻感到微微的震動。

英娜：「地震？」

加禮卻猛然明白了原因，伏身將耳朵貼在地上，隨即起身說道：「好厲害！實在不簡單啊！」

地震卻越來越強烈，而且地下還傳來石頭被打碎的聲音。忽然前方地面整個爆了開來，一個小女孩的身影衝了出來！

「混帳！是誰敢綁架主人？」

這壺麗！居然直鑽入地下，打穿一條直通的地洞緊追過來救人！英娜也到現在才了解這裝成小女生一樣的傢伙，其力量有多麼不可思議！

而且……

英娜：「這壺麗、好像又小了一點？」

確實……不知為何？

那件沾滿了汙泥的衣服，現在卻鬆垮垮的套在壺麗身上。連手腳似乎都縮短了，袖子在手肘摺疊成一團，褲管長長地擠在鞋底腳背上。

剛竄出地底，立刻便發現加禮和英娜的蹤跡。正要呼叫時，一股莫名旋風卻忽然捲到。

居然是由佬密氏的手掌心所生出的小龍捲風，將壺麗捲到更高的高空。
佬密氏：「雖然有些抱歉，但還是請你迴避一下吧。反正摔不死……哎呀！」
只見壺麗猛然將身體挺起，高舉雙手，背部以最大的程度弓起。接著彎腰揮下。
若照一般人的動作，這就像是彎腰同時將手甩向地面的體操一樣。
但此時壺麗所發出的力量竟是不可思議的強大，在無可借力的半空，卻引起一片狂暴的氣流！更發出像是爆竹一般的音爆。其威力之大，直接抵銷龍捲風，還將四周的樹木都吹的枝葉亂顫。
佬密氏也被這氣勢逼得連退四步，在一旁的加禮和英娜也得伏低身型避開這風頭。
但壺麗已經沉身回到地面。大喝道：「敢綁架主人？給我死！」
雙手一握拳、周圍的風雨、飛濺的泥土、吹落的樹葉。竟然同時停止在半空之中！雖然英娜是第一次看到壺麗握拳，但也了解這拳打出威力只怕驚天動地！連一旁的佬密氏也感覺不妙！
再下去只怕要有所死傷了，英娜於是大叫：「壺麗、給我過來！坐下！」
這叫法有些奇怪。簡直就像是在呼叫小狗。但話才出口，周圍的壓力卻立刻消失。雨水落地，樹葉隨風飄去。壺麗則端坐在前面，一臉開心的笑道：「有、有、壺麗在這裡聽主人的命令優。」
幸好、很聽話！
英娜：「哈啾！佬密氏你為何要這麼無聊？要找我直說不就好了……哈、哈啾！」
真的要抱怨一下，現在全身都被雨淋的濕透了。雖然藤樹神伸長藤蔓形成擋雨棚，但剛剛就已經被淋濕了。即使加禮想拿衣服給英娜披上，但自己也是濕淋淋地。

壺麗：「讓開、讓開、我來點火。」

看著壺麗推起小山一樣的枯枝，但大都是濕的。

英娜於是說道：「都淋濕了也點不起來，就這樣吧。哈啾！」

說真的，又濕又冷可不好受。

壺麗：「交給我吧。看我的、少女地熱情注視！」

說著還真的用力「瞪」著濕柴推。但不一會，所有人卻感到了一股熱力。

佬密氏：「哈哈、還真厲害，這傢伙眼睛會發射熱線啊！」

確實、隨著壺麗的視線注目。濕柴逐漸冒出了白煙，水氣開始被蒸發掉。隨著煙霧瀰漫，也感到了現場的溫度上升。只是忽然一陣風吹過，卻讓壺麗被濃煙吞沒。幾聲咳嗽之後，又揉著被煙霧遮痛的雙眼，像英娜撒嬌了。

壺麗：「哇！眼睛好痛啊。」

幾次應付這傢伙，英娜已能分辨她到底哪一點是真的、哪一點是撒嬌。

英娜一面伸手摸頭，一面說道：「嗯，眼睛痛倒不是裝的。乖乖唷。」

壺麗：「主人好過分唷、人家才沒有裝什麼啦！」

但無法解決眼前的問題，火還是生不起來。

佬密氏：「真是、這樣還是沒生起火來。不過薪柴倒是乾了。加禮、有帶打火石、火絨嗎？」

加禮：「有、但也都濕了。」

看來只好等壺麗紅腫的眼睛稍好之後再試一次了，藤樹神卻說道：「英娜小姐已能夠召喚出大語符紋方陣了嗎？」

英娜點點頭，這一陣子一直有在練習。於是凝聚精神，眼前立時浮現白色霧氣般的靈氣方陣。

┌ ┬ ┐
├ ┼ ┤
└ ┴ ┘

藤樹神：「請按右邊上方與中間的符紋。」

英娜依言按了「┐和┬」二個符紋，隨即看到在方陣前方不遠處浮現所點的二個符紋，還聽到「**沽**」的一聲（音為kó、ㄍㄜ）。英娜忽然想到：「之前也做過一次。現在選擇其他符紋，似乎會像是歌唱的音階一樣變化。」

由於上次無意中使出了隱形的法術，英娜一直不敢再深入到這一步驟。如今用手自左下角，由左而右、由下而上掠過方陣。

於是再度聽到了「**沽**」的八個音階：**沽**、**古**、**固**、**啩**、**胡**、**古**、**怙**、**故**。

（漢語南方方言讀音為kó、kóo、kòo、hōo、Kôo、kóo、kōo、kòo）

英娜：「還是一樣┼記號沒聲音，還有就是第二音和第六音會重複。」

藤樹神：「英娜小姐果然聰明。這樣八個音階實際上只有七個音。據說你們漢人的古語也是一樣有七音八律。但是否相同？吾不知道。總之、請英娜小姐選擇下方正中央的音階。」

現在等於是有老師在，當然趕快發問一下。

英娜於是依言選了┴符紋。這次、明確的知道所選的是「**古**」。（漢語南方方言讀音為kóo、ㄍㄛ）

藤樹神：「那是上方的母音。子音請選用剛剛中央下方的符紋，再加上那正中央、沒聲音的十字符紋吧。」

依言選擇了⊥和＋的符紋記號。耳邊立刻聽到「**喜**」（漢語南方方言讀音為hí、ㄏㄧˊ）

藤樹神：「現在、聰明的英娜小姐啊。請將二個音混合起來吧。」

是考試嗎？英娜開始仔細思考。混音「**古**」加上「**喜**」（kóo加上hí），將二個音一合，嘴由圓形轉至微張：「嘿、灰……會！」

猛然醒悟：「是火！是火的發音（漢語南方研發音為hué）！」

當意念一動，眼前的符紋立刻組成完整圖形，還隨著意念散發出一股熱量。英娜於是本能地將這組符紋往前一推。

（火 hué）

符紋立刻往柴堆上打去！但行經路徑意外的擦過壺麗的身旁，壺麗卻一無所知，似乎沒有任何影響。

待打到柴堆時，這威力卻明顯的比壺麗的熱情注視還強！一陣火光爆發，還半濕的柴堆立刻燒了起來。

就算知道英娜在施法術，但看到這實際運作的狀況，卻還是將眾人嚇了一跳。

藤樹神：「英娜小姐果然聰慧過人，能教導小姐『大語符紋』。將是吾族最後的榮耀了。」

這話似有玄機，但英娜自己也被嚇到了，一時間沒有反應過來。

會錯意的痴漢

折騰了一天，英娜等人回到郭家大宅。

和藤樹神談過後，也為了避免英家老爺發現，未來會每隔二天過去。由於弟弟、英宗傑被安排在私塾上課。英娜剛好可藉口用「前往元帥廟參拜、祈求平安」的名義，去找藤樹神授課。

不但如此、藤樹神還贈與一隻分枝藤條。

能讓英娜招喚出一小樽淡淡地半透明女性虛影，就像是迷你版藤樹神一樣。據藤樹神的說法，這是已經具備法力道行，修練成精的部分分枝。能夠依照英娜的命令，使用障眼法掩護行蹤，以後也不怕轉入後山時被人發現。

藤樹神特別用漢語來命名，其名為「惑精」。

眼看這惑精在周圍浮游不定，又對這一切都很好奇一般四處張望。就像是個小孩子一樣。

英娜心想：「只希望不是闖禍精就好了。現在，還有一個問題……」

不知為何？這壺麗就是喜歡賴在這裡。也不在意做下人，不對……是她根本就做家事做的很高興的樣子。

首先佔據了廚房。郭家上到郭光天，下到俗稱羅漢腳的單身農工，都對今天廚房出菜的品質讚不絕口。一問之下才知道，原來是壺麗在廚房幫忙。

不但如此，還在破紀錄的時間……基本上是以人類不可能做到的速度。

洗完的剩下的衣物，並順手將衣服上的破損都縫補起來。

最後還將整個莊園內外都掃了一遍，是一塵不染的程度。

於是，口語相傳得更厲害。

「英家的小姐從番族部落找來了……能幹、會做菜、家事萬能、而且聲音像是黃鶯出谷一樣好聽、笑起來像是美麗的花一樣的女僕！而且……」

一群遠離家鄉的單身漢、羅漢腳，更是眼睛幾乎閃成了紅心：「而且還能打強盜，保護男人！」

……男子氣概去哪了？

「……這下誤會大了。」

總算知道「招蜂引蝶」這成語的涵義了，讓英娜都不禁頭痛。

發現這狀況的郭光天和英家老爺，也私下和英娜談過是否要請壺麗走人的問題。但結論是：「這是妳的朋友，由妳自己決定。」

郭光天更是嚴正提醒：「不要告訴大家這壺麗的真實身分。要是讓『這群會錯意的痴漢』知道是『偽娘』，說不定會引起暴動啊！」

怎麼辦？告訴她在這努力工作也沒有工錢吧。有用嗎？又不忍心將這怪胎趕走。

拿著洗好衣服過來地壺麗，換穿了阿泰雅族女裝。

紅色頭巾束起了長長秀髮、再加上一身俐落的紅底黑條紋罩衫、短褲下露出白皙的雙腳、只在小腿上攏著寬鬆的紅麻護腿。再加上那雙明亮又深邃的眼眸。簡直就是阿泰雅的小公主！

「這傢伙、一定是生錯了。」

這時壺麗卻取出張摺好的紙頭：「小姐請幫我看看好嗎？好像是情書。」

英娜：「……甚麼！」

急忙打開看個究竟！真的是、連英娜自己都沒有接過情書好嗎？

壺麗：「剛剛有位大哥匆匆忙忙放在面前，又一臉害羞地跑走了。所以猜是不是情書？但是我雖然知道一些漢文，卻看不懂這上面寫什麼？」

「嗯……這應該是情書。」

英娜看的……臉拉成個「冏」字：「但是整篇都是歪七扭八的錯字，實在沒法看出到底在寫些什麼？」

哎呀、別期望俗稱羅漢腳的農工有多好的文筆，以後應該勸他們別用這一招。

「那這就沒用了。」

壺麗拿回情書（？），雙眼凝聚焦點：「嘿！少女的熱情注視！」

在獨特的熱線視力技能下，這封沒人能看懂的情書就此灰飛煙滅。

英娜心想：「這樣也好，免得那群大哥哥知道真相後傷心。不過、如果壺麗再留下來，以後可能會很複雜……」

雖然很不忍心，但讓他（她）再留下來可能會引起麻煩。正想要狠下心說起時，壺麗卻將洗淨摺好的衣服放在床上，然後一件一件收進櫃子裡。

英娜忽然抓起一件衣服：「咦？這袖口怎會有花邊？」

而且還特地用紅、黑二色編織。手工之精緻，決不是一般的水準。

壺麗：「啊！剛剛看到有些破損，還有斷線。所以去借了針線來，縫補的時候順便美化一下。還可以看嗎？」

哇！不只可以看吧？在這普遍不算富裕的海島，英娜也只在少數慶典、婚禮看過這樣漂亮的圖樣。而且、而且哪一個小女生不喜歡美美的花邊呢？

咦？還有微微的花香味？

壺麗：「剛剛去附近順手摘的一些花瓣，醡出汁蒸了一下，將衣服薰香了。啊！對了『那個』也快好了。」

趁壺麗匆匆忙忙去拿「那個」的時候。英娜心中開始糾結：「雖然感覺有一個偽娘一直跟著很怪，但這傢伙實在是很勤快又能幹。只可惜生錯了……」

想到生錯了，卻忽然心態一轉：「不對！要被別人知道跟在身邊的侍女是偽娘，傳出去本小姐的名聲還要顧嗎？還是要和她（他）說清楚、講明白！」

但這時壺麗捧著一個瓷碗，用嘴小心翼翼地吹散熱氣，並巧步輕移，怕將碗中東西灑出來般。過來一放在茶几上，卻是傳出微微花香與甜味，漂浮著幾顆小山果的淡紅色的湯品。

壺麗：「用在附近找到的山果和野生甘蔗，去籽後向廚房拿了一些黑糖熬出來的甜湯。溫熱的比滾燙的好喝，請主人慢用。」

嗯、嗯、嗯、有小女孩可以拒絕甜品的嗎？

英娜嘗了一口，甜酸度剛剛好的溫暖滋味直達胃中。所有的思緒都暫停了，先享受再說。等到喝完後，又心中糾結：「別說老家了，就算是郭家這邊也沒有能這樣服侍啊？怎麼辦？」

心中糾結、糾結、糾結、糾結……

卻聽的桌上柯拉柯拉的響聲，壺麗竟丟出好幾顆閃亮亮的……寶石？

壺麗：「這些隨手撿到的石頭，主人請看一下。中意的明天我想辦法磨的漂漂亮亮，做個項鍊或手環讓主人戴上。」

英娜不禁心想：「雖說這海島也產大理石和玉，但竟能隨手撿到！這壺麗搞不好比我們還有錢呢？」

哇、心中糾結、糾結、糾結、糾結……

試問有哪個少女能抗拒美麗的衣服、貼心的服侍、甜點和珠寶的誘惑？沒有吧？

於是把心一橫！

就留他（她）下來！會有問題、以後再說吧！

壺麗：「主人，洗澡水燒好了。」

差點忘了，這偽娘還把隔壁房間也清了出來。做了一個橢圓形的木頭澡盆，然後燒好洗澡水……說是還放了一些花瓣香精。

還把加禮趕去遠處守著，不准偷看！

壺麗：「要有臭男生敢偷窺，加禮大哥一刀就是一個。」

英娜再次確認：「你（妳）也不准看！敢偷窺就趕出去！」

壺麗連忙搖手：「不會、不會、上次已被加禮大哥那一刀嚇到了！絕對不敢再犯！」

其實根本對你的厚臉皮沒轍好嗎？

壺麗：「這瓶是加了蜂蜜和蘆薈自製的，倒在水裡沐浴用的。可讓皮膚滑嫩，請主人笑納。這是主人替換的睡衣和肚兜……」

所謂肚兜、可是這時代女性的貼身衣物。

英娜忽然一陣無名火起！心想：

「混蛋！上次已跟他說過了，居然還敢再拿！不行！就算是偽娘，還是個男人！這下一定要趕他走！」

正要開口……

壺麗：「肚兜有破損的也縫好了，旁邊的雛菊繡花是我加上去的。這香味用我特調的香精，可以讓衣物柔軟又散發出一點花香。也可讓布料和肌膚接觸的感覺，特別的滑順。貼身衣物嘛，一定要穿著舒服，自己看起來也漂亮才行。」

至理名言！但這樣還能禁止壺麗接觸自己最私密的衣物嗎？

英娜心中……糾結、糾結、糾結、糾結……

◆

而另一邊，這退休的翰林大學士、林碧山，完全發揮了自稱的醫術價值。

借郭家門前展開義診，有效舒緩了近來不斷增加的疫情病患。不過此人似乎還有所隱瞞。郭光天再試探幾次後，排除了林碧山是和反叛幫會有關聯的人。

郭光天：「幫會切口、暗號全都對不上。而且此人一身文人風範，全無江湖氣息。會否只是自己修練的隱士高手？」

但英家老爺卻認定了林碧山必有某種隱藏身分，並提出自己的猜想：「難不成是朝廷的密探？現在汛兵無力處理那群正漢，於是先找人來探查狀況？為了安全起見，派人盯著這老頭。決不與人可趁之機。」

於是注意力集中在一邊，反而忽略了自家人的行動。

既然弟弟英宗傑每天都有私塾老師教讀書，而且郭家僕役都有幫忙照顧。英娜便藉口出遊散心。招了加禮做護衛，和女僕（壺麗？）一同走訪元帥廟。卻在稍微露臉之後，三人便轉向後山去找藤樹神，並讓惑精發動障眼法術。三人身影便消失在茫茫樹海之中，無可追蹤。

「雖然本座不知道原因與原理，但這法術、大語符紋！的基本架構確實來自中原的古學。」地點在郭樽東北方的山頂，據說以前是龜崙部落的聖地。

藤樹神：「依照預言，將會流傳直到滅絕的歿世代。」

滅亡預言

藤樹神繼續說道：「法術的基本是一套發音方法。四個強弱不同的連續音調，以不同強弱重複二次組成八個音符。現在、請英娜小姐用「**君**」（音kun，ㄍㄨㄣ）湊合音調念念看。」

仔細在口中反覆練習後，英娜為了記憶，暗自用漢字來合上相關的音節。變成了：

君（kun、ㄍㄨㄣ）、滾（kún、ㄍㄨㄣˋ）、棍（kùn、ㄍㄨㄣ˪）、骨（kut、ㄍㄨㄉ）、群（kûn、ㄍㄨㄣˊ）、滾（kún、ㄍㄨㄣˋ）、郡（kūn、·ㄍㄨㄣ）、滑（kut、ㄍㄨ）！

（備註：此乃漢語南方方言發音。在括號內的是引用今日教育部的拼音系統）

在練習幾次後，英娜提出看法：「若是以前後二組來說，最後一個音、也就是第四個音和第八個音。是最短促的音。每一組的第二個音、也就第二個和第六個音幾乎是一樣地。而且是拉的最高的二個音。為什麼會有二個幾乎一樣的音呢？」

藤樹神笑道：「其實吾也不知為何？因為這音階並非照著順序往上或往下。因此第一次接觸這八音的人，往往會感到迷惑。請將之想像成海浪！總是由波動的海面中生成、到最高點之後猛然落下、再沉重地撞擊海面。」

英娜、似懂非懂。藤樹神笑道：「現場試驗一下吧。英娜小姐上一次已知道基本的做法了吧？請再選擇**君**（kun）的符紋。」

再次呼喚出符紋方陣。

┌ ┬ ┐
├ ┼ ┤
└ ┴ ┘

英娜依照記憶，點選了右上九與左下角記號。耳邊立刻聽到**君**（kun）的一聲。在聽過幾此後，英娜知道那是自己的聲音。但為何如此？這法術是如何作用的？還是一頭霧水。但在藤樹神的帶領下，這次選擇了最末一個音**滑**（kut），再加上……

藤樹神：「請選中央的十字記號（┼）和右下角的符號（┘）吧。那是一個**求**（kiû）的音。現在、請英娜小姐將這二個音反切。告訴我這符紋的意思吧。」

英娜開始在口中試著混合二個音，忽然發現一個有趣的事：「這個**求**（kiû）的發音，是將嘴唇稍微嘟起來，然後以微小的動作收縮一點。似乎……沒有影響發音耶。」

藤樹神：「所以呢？」

英娜：「這符紋的音就是**滑**（kut），滑動的滑！」

話才說完，手上的符紋已開始組和，而且一種力量灌注其中。整個符紋甚至開始顫動，英娜覺得就要抓不住了。

藤樹神：「英娜小姐需要在心中默想著『滑動』的樣子。然後將符紋打向右手邊吧。」

英娜一聽、腦中想像中雨天道路濕滑的映象。手向著著右邊一揮！

一道符紋：

（滑kùt）

若隱若現，飛向右邊的樹林。與枝葉一碰即散，似乎沒有任何效果。

卻聽得「哇」的一聲！一個小男孩由樹上「滑」了下來。幸好雖然滑溜，但靠著一點磨擦還是減低不少速度。而且這男孩更是身手矯捷。即使看來狼狽，卻還能控制身體重心。

更忽然取出一隻短竹製的吹箭，「倏」的一聲射向英娜！

異變突起，英娜一下無法反應。幸好一股旋風即時打落吹箭，卻是在樹上一直旁聽的佬密氏，同時由白貓的型態變回人形擋在前面。

「是龜崙（Kulon）的大农（音Tanu）！」

認出了這個身影，佬密氏同時阻止加禮和壺麗的追擊：「讓他走吧！這裡本來應該是他家，我們才是闖入者。」

這男孩落地時猛一抬頭，視線卻與英娜對上了。那是充滿了怨恨、憤怒、黑暗與孤寂的眼神。讓英娜立即領悟了什麼才是「仇深似海」！

一轉眼，這大农已消失在樹林之中了。

佬密氏：「別追了！這一帶本來是龜崙部落的地盤。前幾年官府打通張路寮（今日桃園、平鎮），通往新庄（今日新北市新莊市）的內陸通道。過程中遇到龜崙部落抵抗，於是聯合了知母六的戰士強行以武力鎮壓。最後龜崙戰敗，過程中大农的父親也戰死了。」

彷彿看著某種失落的遺憾一般，佬密氏看著大农逃走的方向繼續說道：「現在龜崙的人都放棄了，遷往更深的山裡。但這小男孩卻放不下，自己學會了用毒與狩獵的技巧。偶爾在此襲擊路人，可能希望外來者離開自己的家園吧。」

英娜一時無法接話，有生以來第一次接觸到人心的黑暗面。強烈的負面情緒讓她全身戰慄不已。好不容易才問道：「所以這大农，是想復仇嗎？」

藤樹神：「是的，為了一定會消失的民族與文化復仇。」

這用詞讓英娜感覺非常的奇怪？卻沒想到另一人的反應更大！

佬密氏：「為什麼又說這句話！告訴妳！有我在這一天，絕不會讓我族滅亡的！」

藤樹神：「這是天意、也是命運的必然啊！在不久的未來，除了少數的部落之外。這裡的住民將……

忘記自己父母祖先所使用的語言、

忘記自己所崇拜的神祉、

忘記古老的風俗、

更會失去所有的土地！

佬密氏妳身為比人類存活更久的貓妖。為何看不開這點呢？」

這句話不但嚇到了英娜、讓壺麗也睜大了眼睛、唯有加禮似乎不為所動。佬密氏氣的跳腳，開始用部落語言和藤樹神爭執。

然而英娜聽過後心中更是惶惶不安，忽然腦中靈光一閃、出現了最壞的設想：

「難道是因為漢人嗎？難道是因為漢人未來會消滅部落嗎！」

話還沒說完、佬密氏喝道：「只要有我在、決不會發生這種事！」

態度堅決、也嚇得現場個人都稍微畏縮了。好一會佬密氏才舒了一口氣說道：

「有天會告訴英娜小姐的，但現在請忍耐一下。」

藤樹神也說道：「是的，在不久的將來。一定會告訴英娜小姐所有的事情的。但現在還請英娜小姐先忍耐一下，先將大語基礎打好。再過不久，一定會向英娜小姐說明的。」

就在同時，郭樽又來了不速之客。一身最低官階的九品校尉軍服，然而態度囂張之至。

「巡視監察御史、楊大人出巡！將在明日於此地停留，探訪視察，瞭解民間疾苦！百姓郭氏、還不快快清洗宅邸。備妥佳餚宴席、準備餘興節目為楊大仁接風洗塵！並聯絡地方仕紳、漢人耋首、明日一同恭迎楊大人尊駕到訪！」

先不管眼前這軍官露骨的惡劣態度。這一段說明中除了一句「瞭解民間疾苦」之外，其餘的說明透漏著一種「大官出巡」的威逼與官僚氣勢。等到軍官離去後，英家老爺忙不迭問道：

「這御史楊大人，難道是前年上任的楊二酉、楊大人嗎？據聞這位楊大人一上任，便集資在府城（指今日台南）整建海東書院。在民間的風評還相當不錯。」

原來這時代朝廷有設置監察御史一職，巡迴各地官員是否盡忠職守。

雖說位階不高，卻可以直接向朝廷彈劾各地首長。算是當時制度下，防止地方官員貪污舞弊的第一道防線。由於國家統治的族群結構特殊，因此監察御史都常設一名滿人、一名漢人。

而故事中的楊二酉，在乾隆四年（一七三九）接任。由於有在翰林院任職的經歷，也兼理此海島的學政。並向鄉里集資將原來建於康熙五十九年（一七二〇）、已破舊的海東學院翻修。在當時民間評價甚高。

那位態度不佳的軍官，應該是個人行為偏差吧？實在丟了他長官的臉。

這樣想時，卻發現郭光天臉色陰沉。

郭光天：「老友你比較少接觸官場的事。這位楊大人應該是閒得發慌，沒有什麼別的意思。」

聽起來，對這位辦書院的楊大人另有他見。

英家老爺忽然警覺徒生：「前有林碧山、後有楊御史。難道都是為『熱血正漢赤蓮軍』的事而來的嗎？」

夜襲

傍晚、完成今天授課的英娜一行人回到住處。除了晚飯時英家老爺有露臉詢問英娜與弟弟英宗傑的日常作息之外。隨後便進行夜間巡邏了。

然而英家老爺每晚的夜間巡邏。卻是每晚冒著危險，潛入赤蓮軍所在的大溪頭，進行近距離的監視。這點當然沒有向英娜直說，以免徒增擔憂。

晚飯過後，英娜當然先照顧弟弟的起居。在郭家有女僕幫忙，也輕鬆多了。英娜更請人將隔壁的房間清出來，放了桌椅與油燈。方便等弟弟睡了之後，晚上複習所教授的知識。

英娜：

柳（Liú）邊（Pian）求（kiû）去（khì）地（tē）、
頗（phó）他（tha）曾（tsîng）入（lip）時（sî）、
英（ing）門（mng）語（gú）出（tshut）喜（hí）。

（備註：此處的發音是漢語南方方言的發音，因此在括號內填入後世所使用的發音以作為提示。）

這是藤樹神所教的十五個「子音」，但其實藤樹神只教授了讀音，但是英娜為了記憶，還自己填上了漢字。

英娜：「嗯……要記憶，只有讀音還真難……不如這樣。」

拿起借來的紙筆寫道：

柳（理）邊（闢）求（屺）去（起）地（底）、
頗（鄙）他（恥）曾（只）入（耳）時（始）、
英（以）門（美）語（義）出（取）喜（……）

在十五音下面加一個字，其實並非是有何作用。但是唸起來有個意義在，卻能方便記憶。只是當填到喜（音為：hi）時，卻一下詞窮想不出要填什麼？

每次遇到這種狀況，英娜就不禁暗罵：「都是阿公說什麼『女子無才便是德』，還不讓人家讀書，所以想不出來要寫什麼。」

左想右想，乾脆寫了**喜**（喜）。舉個歡歡喜喜之義，然後對自己說：「可以幫助記憶就好啦！」

然後、就要進入最複雜的地方了。英娜先深吸一口氣、拿一張新紙。然後在紙上畫出那奇異的方陣。

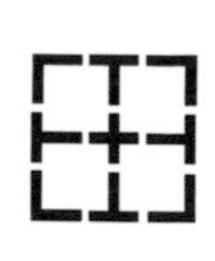

接著由左下角開始。由左往右、由下往上。依序在符號旁填入數字。畫完後自己看了看。

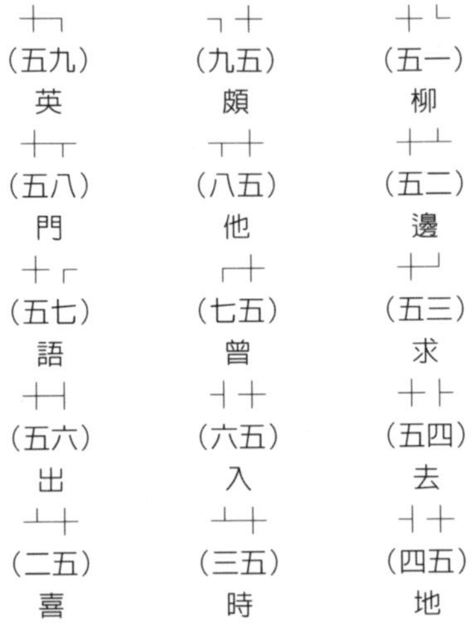

(五一) 柳
(五二) 邊
(五三) 求
(五四) 去
(四五) 地

(九五) 頗
(八五) 他
(七五) 曾
(六五) 入
(三五) 時

(五九) 英
(五八) 門
(五七) 語
(五六) 出
(二五) 喜

「那個十記號是當作五了。」接著再由剛剛的基礎上開始背誦：

五一柳、五二邊、五三求、五四去、四五地、
九五頗、八五他、七五曾、六五入、三五時、
五九鶯、五八門、五七語、五六出、二五喜……

反覆唸了幾次後，英娜所幸將之寫在紙上。

「這就是在符紋中要放在下方的、被藤樹神說是『子音』的部分吧？」

現在這部分只有先死背起來了，於是英娜反覆覆誦。直到自己認為唸到滾瓜爛熟後，才伸了伸懶腰想要休息的時候。

卻發現惑精又浮現身影，痴痴地望著月亮。抬頭一望也是深夜了。望著明亮的月光，英娜忽然想起白天藤樹神和佬密氏的談話。

轉頭張望，果然看到加禮忠心耿耿的守在屋頂上頭。視線最好的屋頂，已成了最佳的守護點。

但英娜卻不由得思緒翻騰：「藤樹神居然說加禮的部落……不對、不只一個部落。而是整族都會滅亡？藤樹神和佬密氏又不肯說……」

「那是不死的紅衣女巫告訴母親的預言。」

哇！這下可把英娜嚇了一跳：「惑精妳會說話？」

惑精：「小姐妳沒問，惑精就沒說。」

英娜仔細一看，的確惑精的嘴唇並沒動。而且並不像是聽到聲音，反而像是聲音直接鑽入自己腦中一樣。不過比這更重要的事情是：「那、告訴我這是怎麼回事！」

只見惑精緩緩說道：「很久以前，母親遇上了跨海而來的不死的紅衣女巫。」

英娜：「母親是指藤樹神吧？是很久以前嗎？」

惑精：「也沒有很久，是紅毛人剛走不久之後。不死的紅衣女巫，也是他們留下的。」

咦？所以不是漢人、也非本島部落。是西方來的女巫？

惑精說道：「這位紅衣女巫具有能預知未來的神眼。當時就知道母親將會遇到小姐，便教授了母親『大語符紋』，並請母親等英娜姊姊來的時候教授給您。」

英娜：「等等！為什麼是我？」

惑精：「紅衣女巫說小姐妳將是能承繼上古語言，傳承未來希望的關鍵。但細節我也不知道。只知道這語言會因為英娜姐姐，而在這海島流傳千古。」

又是承繼上古、又是流傳千古。會不會太嚴重了呢？等等、還有更重要的事。

英娜：「那藤樹神說部落會滅亡的事，也是紅衣女巫告訴她的嗎？」

惑精說道：「是的！紅衣女巫有預言，在傳授小姐符紋之後。不僅是這裡的部落，連我們藤樹神一族都會滅亡。」

「什麼?!」

這連英娜都是第一次聽到！

惑精：「我們生存的樹林，未來將會被砍伐殆盡。人類將會在上面建設城市，即使留下了種子也無法發芽。必須等到更久的未來，當那重要的水壩崩潰！人類的城市毀滅後，我族才能再度欣欣向榮。」

英娜：「什麼！妳再說清楚一點！會是因為漢人的原因嗎？會是因為我的原因嗎？」

惑精：「對不起、我只知道這麼多。」

說完之後，模糊的身影閉上了眼睛。便隨即消失不見了。只留下在月夜中獨自面對著藤枝與水瓶，以及心情激盪的女孩。

幾乎同時、就在郭家宅邸一偶。

退休的老翰林、林碧山今晚竟是一身勁裝打扮！而一旁的助手晉安，更是一臉肅殺之氣。忽然二個黑衣蒙面人，出現在前方陰影之中，便朝著林碧山單膝跪下。

蒙面人：「青幫兵部、偈功（音鞠躬）右護法！浸瘁（音盡瘁）左護法！見過師叔。」

青幫！那不是被反叛幫會視為倒向朝廷的叛徒嗎？沒想到朝廷的退休高官，居然是在這樣的江湖幫會中、還身居高位！

林碧山：「人都到齊了嗎？」

倜功、浸瘁：「到齊了，只等師叔率領。大夥必將為皇上與國家，獻出忠心的赤忱！」

林碧山猛然站起：「好！掃除妖魔鬼怪、讓世道和諧、萬民歸順、乃是我輩之責。今晚能先掃除這些叛亂份子！明天那巡視御史過來，必將上書皇上，此地百姓安居樂業、效忠朝廷、展現國家一統團結富強氣氛！」

說著這林碧山轉面向北方，再盈盈拜下，高呼：

「皇上萬歲、萬歲、萬萬歲！」

倜功、浸瘁、晉安：「皇上萬歲、萬歲、萬萬歲！」

林碧山：「忠皇義民青八旗！出陣！」

◆

今夜明月當空，英加老爺卻潛伏在大溪頭的岸邊。

一身絕技，隱藏所有氣息。即使敵人在身旁經過、也難以察覺他的存在。

其實這幾日都是在晚上趁敵人較鬆懈時，才貼近對方陣地查看，也知道這群赤蓮軍，每日四出攻擊漢人墾戶與部落。宣揚大漢強國天威，並同時掠奪物資！

「這樣做和此地番族的出草有何不同呢？而且這些人對其他低等族群充滿歧視，手段上更為血腥！」

幾次守衛只在前方數寸之處聊天，卻完全沒有被發現。

英家老爺心想：「看來老夫還是寶刀未老啊、對得起鬼影司這名號。」

如此危險的深入敵營，也首次清楚的看到敵人的布局。

只見在大溪頭的中心，一隻獨眼、白首、長著蛇尾巴的巨大牛妖趴在其中。凡是逼近的湖水都立刻被蒸發。但卻有幾個幫眾、穿著一身白衣連頭長袍。袍衣上貼滿了一張張的符咒。極可能是用來鎮熱以及預防蜚的毒性。這些白衣幫眾，更以蜚為中心，在水檯底畫出一圈圈的同心圓同型。

英家老爺心想：「這種圓形的圖樣，應該是某種法術的陣式。自來東方的法陣多是長形或八卦類型，圓形法陣則多是西洋的形式。這群正漢，到底是從哪裡學來這法陣了。」

這時忽然傳來兵器交擊與厮殺的聲音，竟然有人夜襲！

鄧時整個赤蓮軍像是炸營一般，紛紛抄起兵器往前支援。英家老爺忽地一股不祥預感，催促他先去偵查這場戰鬥。

只見那邊殺聲震天，還傳來猿猴怪叫聲與重物落地的震動。來襲的一方遇上了巨猿、朱厭和佔了人數優勢的赤蓮軍，不但奇襲失敗，還反被包圍起來。忽然天上一陣陰風慘慘。卻是那陳蓋指揮飛頭蠻，要由空中殲滅敵人。

英家老爺心想：「這群人寡不敵眾，待這妖女加入戰局，只怕無一倖免。但有膽挑戰這群妖人，難道是……」

帶著擔憂靠近觀察。赫然見到一支青竹鐵尖槍如旋風般迴旋、又不時反攻出擊。攻守兼備，勘勘擋住少林叛僧與一眾正漢。那使盡渾身解數，掩護同伴免於全滅，卻無法殺出重圍的英勇阿泰雅戰士。正是達吉斯・都奈！

忠皇義民青八旗

明月當空、殺聲四起！

擁有「熊之勇者」稱號的達吉斯・都奈，率領阿泰雅戰士襲擊佔據傳統領地、大溪頭，並施行邪法的赤蓮軍。

最後卻寡不敵眾，反被赤蓮軍包圍的狀況。

英家老爺心知：「再不出手，只怕全無倖免。」

這群自命高人一等的「正統漢人」，似乎當其他民族全是下等蠻夷。阿泰雅戰士即使想投降，也難逃被屠殺的命運。但只要一出手，就等於廢了郭光天好不容易建立的協議。萬一對方進攻郭樽，到時又要怎麼辦呢？

◆

另一邊，達吉斯・都奈心中也是懊悔不已：「結果還是大巫醫哈邁古（hmgup）的占卜正確，這群傢伙的實力比表面上看到還強！」

在出戰前進行占卜的結果，顯示極端不利的凶兆。族中長老於是取消了計畫！但達吉斯・都奈以及幾位主戰派卻難以認同，於是私下糾集了戰士，想先進行一次襲擊來試探對手。沒想到實力卻過於懸殊，現在陷入重重包圍難以脫身。

眼看周遭只剩幾位同伴，達吉斯・都奈反而振臂大喊：

「英勇的阿泰雅戰士啊、今天我們無法回家了！但是我們無所畏懼！就算是戰死，也要讓敵人看到阿泰雅戰士的勇氣！」（阿泰雅語）

僅剩的戰士高吼附和，跟在領隊之後，豪不畏懼的進行死亡衝鋒！

「螳臂擋車！不知死活！」

帶著輕蔑的狂笑聲中，陳蓋伸手一揮！成百上千的飛天妖頭鋪天蓋下：「下等的蠻夷、我保證會砍下你們的頭！作成最噁心的飛頭蠻！死吧！」

絕對多數的飛天妖頭重重包圍，眼看這群阿泰雅戰士就要求仁得仁。忽然後方「轟」的一聲驚天巨響！讓所有人與妖都停止了動作。

在後方似乎是炮彈命中，掀起一大片土塵，更隨著地面的震波散播開來。一發未息，連續二發又轟的霹靂亂響。

「有敵人砲擊！快散開！」

陳蓋高聲呼叫同時，又是連續二發爆炸，揚起的塵煙一時遮蔽視線。

「難道是這群戰士的後援？」

想到這裡，陳蓋連忙叫道：「所有人不要亂動！」

赤蓮軍士兵在這狀況下反而礙事。陳蓋於是指揮飛頭蠻，在一片煙塵中由空中張大口，往地面直接殺下去。

但妖頭都撞到地面了，卻沒咬到半個人？而且……

陳蓋：「不對勁！飛頭蠻的位置似乎比地面還低？」

大驚之下，自己卻也不敢靠近。只好指揮飛頭蠻在地面打圈，搜索一陣之後，陳蓋赫然醒悟。

「地上有個大坑！有人利用法術從地下將人救走了！」

就在同時背後又爆出二聲巨響！這時嫵蟷大吼一聲！

「敵人分成二邊！一隊在後方攻擊，另一隊在前面救人！全隊警戒後方的敵人，已逃走的就別管他了。」

這判斷其實有一個極大的錯誤。阿泰雅戰士的支援、只有一人！

英家老爺在極短的時間中，在赤蓮軍營區的後方設下法陣，並訂好了爆發的時間。一面利用法陣爆炸的掩護，一面發動五行、地遁之術。

總算是趕在全滅之前，順利救走達吉斯・都奈和剩下的五名戰士，由地道送到安全處所。

營救行動完美無瑕，但是現在英家老爺心中、後悔不已！

「在這附近使用地行法術的也只我最出名，這樣根本瞞不了那些專家。即使極力否認，也難以抵擋赤蓮軍向郭家追究責！到時怎麼辦？」

眼看達吉斯・都奈正過來要道謝，心中一動，有了計畫。

英家老爺：「請達吉斯・都奈兄弟幫個忙好嗎？將這訊息立刻送回漢人的郭樽那裏，一定要交到郭老爺手上。」（阿泰雅語）

說著往身上一摸，才發現原本有帶著畫符用的符紙與炭筆。卻因為剛剛動作太激烈，居然掉了。索性直接咬破指頭，撕下衣襟在上面寫上血字。

「責任推我頭上、你們快逃！」

達吉斯・都奈雖然不識漢字，但心中不祥感覺徒升：「你想要做什麼？」（阿泰雅語）

英家老爺：「這你不必管。請幫我把這布條送到，本人終生感謝。」（阿泰雅語）

說話同時，也啟動法術：「土行借法、泥沼！」

地面忽生淺淺泥沼。一行阿泰雅戰士不察，雙腳立時陷入，一時間也拔不出來。

英家老爺：「這法術等一下就會自動解除。你們不要驚慌嚷嚷，敵人也找不到你們。我會和他們表明是自己的『個人行為』後，和他們進行戰鬥，並儘量拖延時間。你們能快點幫我將訊息傳到郭樽，讓他們能儘快逃走。在下就感激不盡了。」（阿泰雅語）

其實這群正漢赤蓮軍，決不會接受自己是「個人行為」的說法。這只是讓郭光天未來還有一個說法可和總會那邊開脫而已。

反而自己下定決心與之纏鬥，其危險性極大。即使武藝高強，在圍攻之下只怕無法活過今晚。

「生死有命！至少要將這群人拖到天亮，能讓郭光天、英娜、宗傑和郭家的有時間撤退就好了。」

英家老爺想到這，一咬牙：「就來吧！孤軍奮戰、殺出重圍！不是老子的看家本領嗎？就看看這群赤蓮軍有多大本事！」

也不理會達吉斯・都奈是否理解，英家老爺轉身便要躍出交戰。天空卻忽然一聲響雷！閃電帶著極大能量打在地上，掀起暴風驅散塵霧。

英家老爺哼了一聲：「被發現了嗎？急什麼、現在就出去和你打一場！」

然而走出樹叢，眼前景象卻讓自己張大嘴巴，呆在當場！

在大溪頭的另一邊，半空蜉蝣了九個高愈數丈，穿著的五子哭墓的孝子白麻喪服。全身竟是半透明的，還發著磷光的巨大人影。但仔細一看，面容竟是雙眼空洞，臉頰只剩屍肉的骷髏！

英家老爺也倒吸一口涼氣：「是鬼！而且是有人刻意培養的巨鬼！」

雖然一般民間也有「養鬼」的傳說，甚至也有茅山道士以咒術養鬼、驅使鬼的事實。但像這樣養成巨人一般，還具有肉眼可見的靈體，實屬前所未聞。

只見眾巨鬼忽然同時開口狂吼，詭異的是耳朵聽不到聲音，眾人卻感到一陣頭痛。英家老爺知道這就是所謂的「鬼哭」，用人類無法辨識的高頻率來刺激敵人神經！但這鬼哭卻傳出了一股義正嚴詞的喊聲！

「皇恩浩蕩滿天下！江山一統萬年青！」

同時湧出無數人影，一色蒙面黑衣、一色滿人髮辮長束。而帶頭一人、一身青衣儒裝、面容蒼老而且髮辮、雙眼具都一色蒼白的。赫然是……

林碧山：「本人乃是『忠皇義民青八旗』的護法長老、林碧山！你們這一小撮枉想分裂祖國、只顧堅持自己漢人血統，卻不顧天下萬民一統大義的頑固份子！還不快些認清時勢、切莫成為叛國叛皇的千古罪人！」

「青八旗！」

聽到林碧山打出的名號，連英家老爺都震撼不已：「難道是和最近投效朝廷的幫會有關？」

「罪人個頭！」

死敵出現、嫵蟷道士連忙驅使疫病之兆的牛妖，飛上半空之後與眾多巨鬼對峙。下方一聲狂吼。屬於兵亂之兆的朱厭，也站到了赤蓮軍身旁助威。

嫵蟷：「你這傢伙居然欺師滅祖、歸順韃靼皇帝！啟不汙衊了我們炎黃軒轅子孫的優秀血統！如果還有良知、就應該協助我們在這海島建立漢族的新國度！即使中原都被滿人給侵占了，只要能在此海外小島獨立，延續我漢人五千年炎黃子孫血脈長存，也算對的起祖宗了。我反勸你！別做數典忘祖、認賊作父的奴才。快點棄暗投明吧！」

林碧山：「敢說我是奴才？頑冥不靈！普天之下、莫非皇土！炎皇軒轅的純正漢族血統，經歷五胡亂華、蒙古統治之後還有意義嗎？不明大義、視大局、玩火自焚的混蛋！」

這番評語讓嫵蟷氣得七竅生煙，哇哇大叫：「聽不懂！聽得懂也不想聽！熱血的正統漢人啊！你們要忍受蠻夷統治嗎？」

正漢們：「不要！」

嫵蟷：「願意獻出生命與熱血嗎？」

正漢們：「願意！」

嫵蟷：「為民族尊嚴！殺！剷除漢奸！」

正漢們：「殺！剷除漢奸！」

林碧山：「竟死性不改！殺！殲滅國賊！」

青八旗：「殺！殲滅國賊！」

終於、漢賊不兩立、正邪不並存！

本是同根生的雙方，在大溪頭的月光下，毫不留情地互相殘殺！

在這大海邊緣的偏僻海島北方，俗名為大溪頭的月光之下。自命真正漢人血統的赤蓮軍，與效忠滿人皇帝的青八旗。雙方廝殺成了一團。

其實雙方都穿著黑色的服飾，再加上頭髮與瞳孔的顏色一樣。若非一邊有結髮辮、一邊披頭散髮、還真的分不出來。但相殺起來卻真不是殘忍可以形容。手下毫不留情、刀刀取人性命。有人被砍斷雙臂、更被一刀開腸破腹。居然還用牙齒咬破對手喉嚨，求個與敵俱亡！

眼看這局勢，英家老爺忙解開阿泰雅戰士的泥沼法術，說道：「現在是鬼打鬼，你們先回去部落吧。這裡的戰鬥已無法逃避了。」（阿泰雅語）

確實，沒想到這林碧山居然來頭這麼猛。這樣一來收留的郭樽已無可避免、絕對會被拖下水了。

此時天際一陣巨響！雙方的首領，終於直接槓上了！

只見林碧山盤腿坐下，取出一具古箏放在膝上。十指連彈，一奏戰曲節奏激昂、震的人血脈賁張。

林碧山喝道：「八仙降世！為皇上與國家掃清妖魔吧！」

半空的九個巨大孝服遊魂，身上更是爆發鬼火磷光。其中八個一陣綠火燒過後，服裝、體型都產生變化。不一會轉化成了傳說中的八仙模樣。不、雖是八仙的樣子，但還是一身骷髏爛肉、竟成了鬼八仙？一時間邪氣壟罩大地、氣溫突降、竟有如寒冬來臨。

英家老爺心想：「所謂的『請神附體』。一般都是施術者恭請神靈降臨自身，借神靈之力激發本身的潛能。只是神力強大，凡人軀體承受的能力有限、超過極限往往爆體而亡。這林碧山居然『請神附鬼』！雖然沒有爆體的危險，只是神氣與鬼氣難免互相衝突抵銷，減損威力。」

這時夜空忽然轟雷連响！一連串閃電打中半空的鬼八仙，卻是嫵蠟作法引發雷電攻擊，更氣得大叫：「傳統的八仙應是瀟灑、脫俗、乘雲駕霧、不食人間煙火的。你卻將它們變成了這副仙不像仙、鬼不像鬼的模樣！簡直是辱沒的漢人祖先的高貴傳統！」

「管它黑仙、白仙！」

林碧山：「能去國賊就是好仙！降世吧、武聖關公！」

一聲飭令、四周地上忽然湧出漂浮鬼火，接著全飛向僅剩的孝服遊魂。一聲前所未有的巨大爆響，夾雜著強烈的綠火烈炎。在鬼火助長之下，這遊魂身形更是脹大一倍。孝服更被燒成戰甲，手上更出現磷光組成的青龍偃月刀。骷髏頭下巴居然也長出三尺長鬚？生成一隻鬼關公！

林碧山：「借武聖關公之威！捍衛祖國、降妖除魔！」

「混蛋！欺世盜名！」

眼見鬼關公現世，嫵蟷更是怒不可抑：「我族武聖向來是岳飛！明明是韃靼皇帝害怕岳武穆擊退金國的歷史，會激發漢族意識覺醒。才故意改封關老爺！你這傢伙不是盲目附和，而是為虎做倀！看招、五雷轟頂！」

霹靂五雷天際閃、五道閃電直轟林碧山！然而這老翰林大學士文風不動，一條人影卻擋在前方，正是隨侍的弟子、晉安！只見一陣爆閃，這晉安居然被打成碎片！

就在眾人一陣驚呼聲中，卻發現被打碎的晉安殘骸竟化成了紙屑。同時在林碧山身後，居然又走出一個晉安……等等、有兩個、三個、居然出現了十多個晉安！像是有分身術一般，在林碧山身旁圍了一圈。

英家老爺醒悟：「這是紙人式神所作分身，真人應只有一個。這二人的合作是林碧山驅動遊魂主攻，晉安用紙人式神防守。攻守具備，可謂搭配無間。」

而另一邊，嫵蟷眼見五雷被擋下，立時便要在施法術追擊。前方卻是刀光一閃，鬼關公的關刀急砍而至！幸而妖牛反應也極迅速，一挺牛角、居然擋住關刀猛砍！另一邊，鬼八仙也紛紛找上對手。一時間殺聲四起，亂戰連場！

鬼八仙之鐵拐李，首先以鐵腿重踢朱厭。但這巨猿只微微一顛，隨即揮臂反擊。然而鬼八仙本身卻是遊魂，猿爪透體而過，全沒造成傷害。同時漢鍾離手持芭蕉扇，曹國舅揮舞白玉尺。打的朱厭搖搖晃晃！但這巨猿不管如何反擊，總是打不中實物。鄧時陷入一面倒的劣勢！

另一邊、何仙姑、張果老、韓湘子、全力剿滅飛頭蠻。在鬼八仙強攻之下，妖頭一一被消滅。

「無法傷害對手，再打下去怎麼得了！」

反擊也無效、陳蓋不禁暗自著急。

同胞相殘的結局

眼見這鬼八仙無懼物理傷害！赤蓮軍眾將正在著急時，卻傳來一聲慘叫！與少林叛僧、大痴對陣的鬼八仙、藍彩和。前胸後背連插四把飛劍後，傷口居然冒出綠火？神情更是痛苦不已？仔細一看，這劍上似有薄薄金光。原來是大痴正口唸佛咒，引佛力加持於劍上。一物治一物，剛好剋制了鬼八仙。

另一個鬼八仙、呂洞賓急忙來救。但大痴以意念駕馭飛劍，四劍絞切急旋，立刻將藍彩和灰飛煙滅！大痴爆喝一聲，四劍同時急射敵人。呂洞賓迴劍隔擋，但手臂仍被劃傷。傷口更冒出火苗青煙，即使是遊魂也露出痛楚神色。

嫵蟷：「這些鬼怪不怕武器！用自然或信仰之力來剋制他們！」說完呼引雷電，形成一層電流覆罩在巨獸身上，有如鎧甲一般。

嫵蟷大吼一聲：「雷震卦戰甲加持，和他們拚了！」

疫病之兆的牛妖此時全身帶電，全力衝撞眼前的敵人。但鬼關公也是威武強壯！關刀一砍，和牛妖的硬角交擊！立時爆出耀眼火光，炸耳聲響、雙方一步不讓！

這時、朱厭得到外來助力，也是全身罩著電流鎧甲！狂吼一聲，拳打曹國舅。這鬼八仙雖然急忙閃避，但腰際被電拳擦過，不幸被殛的孜孜鬼叫！

陳蓋更是拿出壓箱寶、雙手截印、口唸邪咒！一時間所有飛頭蠻都無故自燃，更互相吞食。最後剩下十幾個巨大的冒火妖頭。不但承受敵人的攻擊。在火焰助威之下，和三個鬼仙打的不相上下。

在殺聲震天的大溪頭，一時間雙方勢均力敵。

英家老爺看著這局勢，心中卻不禁一陣騷動：「此刻憑著土行借法之術，可輕易改變雙方的勝負。但是……真的要出手嗎？」

殊不知，在遠處山丘上還有一人，也是相同的想法。

前些日子，以威力異常的神箭震撼赤蓮軍與郭家的男人。此刻已彎弓搭箭，遙遙指向大溪頭的戰場。

「憑我的神箭，可決定這場戰事的贏家。問題是……到底誰獲勝對我才有利呢？」

就在這時異變又生！一股詭異甜酸氣息壟罩全場！

林碧山首先覺得不對勁，這股氣味似乎會引人犯罪。

這時聽到朱厭被三鬼仙合力一擊，發出慘叫後滾落一旁。

林碧山：「先解決主要敵人！其他的以後再說！」

才剛發出指令，前方鬼關公大刀一揮，竟將嫵蟷與妖牛也斬成二截。

「居然如此不堪一擊？」

林碧山冷笑一聲：「鬼八仙去攻那個妖女、鬼關公去對付飛劍和尚！給你們最後的機會！再不投降、定斬不饒！」

就在志得意滿之際，身周卻霹靂亂響！連晉安的分身式神也被雷電消滅大半，明顯是嫵蟷的法術造成的。

受到意外的攻擊，林碧山大吃一驚：「還能使用法術？難道是迴光返照？」

還未反應過來，又是一陣閃電雷擊。這次晉安的紙人式神全面失守，電流威力滲透內側。不但林碧山二人被殛的巨痛難當。連空中的鬼仙也受引響，形象立刻明暗不定，動作也變得遲鈍。

「現在施術者產生動搖！趕快加緊對付遊魂！」

這聲音是……嫵蟷？

林碧山急忙往古箏上一撥，刺耳音波立時傳遍全場。由於自己眼盲，林碧山練就靠回音探查周遭事物的絕技。此時耳聽迴響，立時發現不但嫵蟷與妖牛都沒事，連巨猿朱厭都沒有受傷。反而因為調開鬼八仙，讓朱厭有機可趁，從後方襲擊將漢鍾離與鐵拐李打得支離破碎。

猛然醒悟、林碧山：「是幻術！所有人專注眼前的敵人！」

急忙彌補錯誤，下方更傳來不幸！

倜功護法與少林叛僧的三痴對陣，卻被玄鐵斬鋼劍腰斬！半身更被重劍打飛到半空。斷腸、鮮血散落一地，實在驚悚至極！

另一邊，浸瘁護法也被白痴的毒液噴到！在身中劇毒，動作不便時。被四痴、五痴二柄長劍貫體而過！浸瘁護法僅餘一口氣抬起頭時，卻看到五痴的鐵義肢貼在臉前。

「轟」的一聲！義肢內藏火炮，將對手頭顱都打成了碎肉！

戰況不利！林碧山鼓起全身功力，再度鼓動古箏！一陣刺耳噪音，竟然奇異的只讓敵人的耳膜劇痛，自己人卻是無感。

林碧山：「叛賊氣數已盡！義民們、莫忘皇恩浩蕩！獻出熱血報效國家！」

一眾綁著滿人辮子的青八旗聽到訓斥，立時士氣高漲！但下一幕卻令人傻眼！

這群青八旗戰士、以最堅強的戰意、對身邊最靠近的人發動無情的攻擊、卻完全不分是同伴還是敵人！雖然有些是與赤蓮軍對上了，但更多的是互相殘殺！

發現這異常現象，林碧山想再次用琴音喚醒同伴。卻忽然警覺身後有敵人攻擊！

正想反擊時，心中猛然驚覺：「不對！那晉安去哪裡了？」

心念電閃、手撥五弦、一聲高音竟讓身後敵人停止動作！居然是一臉不知所措的晉安？只差一點要對自己發動攻擊？

林碧山大喝：「又是幻術！這附近還有高手埋伏！」

正要設法喚醒青八旗時，身旁又是寒氣徒生！

雖然林碧山雙眼已盲，但修練一身感應能力，卻可在一定程度上彌補視覺。現在林碧山的感應，卻發現這次來敵身影不但清晰，而且形象竟有如已腐朽的女屍！

「妖婆！晉安小心！」

知道是真正的敵人來襲，林碧山準備還擊同時提醒同伴。背上卻忽然一陣刺痛！大驚之下、也不回頭便是反手一掌。

反擊力道雄厚、對手也被打得飛退。竟然是少林叛僧、二痴偷襲！晉安連忙反身交戰。

林碧山卻顧不得背上的傷口，注意力全放在那腐朽的女屍之上。

「中計！」

林碧山心想：「這妖女法術虛虛實實、聲東擊西，幻術修為運用已達化境！這次竟是自己現身，讓我們忽略二痴的偷襲。」

正要反擊時，一個又嬌柔、又撫媚、又充滿風騷味道的聲音。居然鑽進林碧山腦中！

「能猜到本師太的戰術，也算你有本事。那麼、現在呢？」

師太？出家人嗎？

林碧山還未反應過來，一巨物撲天壓下！勢道急勁，威力更打的地面破碎、土石飛濺！

林碧山與晉安雖然沒被直接擊中，卻也被震飛半空。

原來是鬼鬮公對戰道士嫵蟷與妖牛，居然被嫵蟷閃電重傷，之後更被雷火牛角貫穿、再由空中直撞到地面上所致！

這一刻、林碧山才發現：「糟糕！原來剛才與鬼仙之間的聯繫指揮、還是沒擺脫幻術的影響！」

懊悔已經來不及了，身旁威脅突現！卻是巨猿朱厭已打敗鬼八仙曹國舅，此時更伸出巨靈掌要將林碧山由半空拍落。身在半空、無從借力。林碧山只想必死無疑！眼前人影一閃，卻是晉安不知如何發動法術，在林碧山身前出現！

一聲慘叫！夾著骨頭碎裂的可怕聲音。晉安完美的執行了任務，替主人被朱厭打飛！但只怕凶多吉少了。

「混蛋！」

敗勢已無可挽回、又見同伴犧牲！林碧山一時間只想與敵俱亡！剛剛那腐朽的女屍卻忽然欺近身旁！

「你眼睛看不到，卻能感覺到本師太的『實像』？那麼、也讓你看一下我的『皮相』吧。」

林碧山罵到：「妖婦！誰要看妳的……」

話還沒罵完、眼前卻是一亮？林碧山雖然不是天生的盲人，但是卻已是數十年不見光明了。現在眼前卻出現了……一位絕世美女？

的確只能用「絕世美女」才能形容這位氣質妖艷風騷、明眸皓齒、身材姣好、肌膚白嫩，還只罩著一件女尼姑常穿的寬鬆僧衣，卻一眼就看的出來僧衣內連褲子也沒穿的女子。

「妖女！你是這樣迷惑世人嗎？」

這女子利用幻術在世人眼前展現完美的形象，但內裡其實是那腐朽的女屍！想到關鍵處，林碧山不禁毛骨悚然。

這女子卻以詭異招式一掌擊來。

林碧山避無可避，唯有以雙掌迎上。只感到一股爆炸性的內力直衝而來！極端脆硬短促、而且威爆發力十足的一掌！不但將這青八旗之首打的剷地直滾，而且雙手筋骨盡碎，居然一招便敗下陣來。施術者無以為繼，剩餘的鬼八仙也立時灰飛煙滅了。嫵蟷見狀一陣歡呼，立刻驅使妖牛要將被打敗的敵人踏成肉呢！

卻見這林碧山轉頭在衣襟上一咬，竟用嘴叼出一張符紙？運始內力吹破符紙後，身體居然爆出煙霧！待煙霧過去，已找不到人了。

「居然用法術遁逃了？真是無膽匪類！」

主帥大敗，一眾青八旗卻還未脫離幻術影響。敵我不分、自相殘殺、旁邊卻有赤蓮軍眾，和四名尼姑穿著的女子一同補刀！不多時數量便減半再減半，卻還繼續自取滅亡。

嫵蟷眼看剩下的青八旗也幾乎剿滅，於是提氣大喊！

「真正的大漢男兒啊、今天我們威震番族，殲滅韃靼漢奸！打贏了民族的一場大勝仗！」

赤蓮軍的正漢們無不高舉手臂，狂吼回應首領的鼓勵！

對這些被異族擊敗、統治、連頭上都必須綁著奴才印記辮子的漢人們。這一晚在大溪頭的勝利，稍稍得安慰屈辱了百年的民族自尊心。

而嫵蟷眼看那位站在眼前……衣著過度曝露的尼姑。心知應是友非敵，盤算著要如何套問對方的底細，身旁另一人卻先有行動了。

陳蓋急忙趕前跪下：「是師傅、這氣息是師傅吧？是師傅率領四位師姐來支援了！徒弟陳蓋、謝過師父救命之恩。」

聽到這裡，嫵蟷道士不由得全身顫抖：「總會五大護法之一峨嵋派、苁玉師太（音「縱慾失態」）以及福女（音「腐女」）、虞尷（音「魚乾」）、月時（音「肉食」）、唄呟（音「敗犬」）四大女徒？但……但江湖傳言師太早已圓寂了呀！」

「如果我死了，難道站在你面前的是鬼嗎？」

苁玉師太說著，丟了一塊鐵令牌給嫵蟷：「這是總會的派令。要本師太來這協助你們進行光復漢族的大業。」

接過鐵令牌，嫵蟷知道是反叛總會對正漢赤蓮軍也不盡然信任。於是派苁玉師太來監視。但是剛剛也是多虧了協助才能獲勝。

嫵蟷於是放下身段：「熱血正漢赤蓮軍的分舵主、魔道士、嫵蟷！在此感謝苁玉師太協助復興神聖漢族的大業，請受本人一拜……」

「那些不重要！」

苁玉師太居然拋了一個媚眼後笑道：「那個……你們會招待武林老前輩吧？」

這是出家人嗎？嫵蟷等人一時間反而呆了。

於是除了苁玉師太之外，沒人注意到由遠處傳來了嘹亮的鳥啼之聲。

叔玉師太卻知道背後的意義，心想：「是這裡的死神代理？比牛頭、馬面、甚至鍾馗更強嗎？算了、敢來找我麻煩，就看看是誰會下地獄吧？」

這一戰、青八旗全軍覆沒，但其首領林碧山卻順利逃脫。不但如此，當赤蓮軍清理戰場時，也找不到晉安的屍首。

◆

稍遠之處，有二條人影在月下狂奔。

英家老爺：「你跟過來幹嘛？」（阿泰雅語）

達吉斯・都奈：「還沒多謝你的救命之恩，別想那麼容易甩掉我！」（阿泰雅語）

真的是……報恩和糾纏是兩回事吧。英家老爺還在想說詞時，達吉斯・都奈卻說道：「最少也可以幫你揹這傢伙。這樣可以走快一點。」（阿泰雅語）

他所指的是攤在英家老爺背上、奄奄一息的晉安。英家老爺一怔，這句話倒也沒錯，也就不再堅持了。現在最重要的是，便是在赤蓮軍找上門之前，先將郭家的人撤退到安全的所在地去。其餘以後再說！

在同時，英娜在聽過惑精的說法後。心情更加激動，也無法再複習藤樹神教的功課了，於是回到寢室想去休息。

屋頂忽然一聲像是鴿子的鳥啼聲，然後是壺麗的叫罵和摔落地面的聲音。

「壺麗在屋頂？搞什麼啊？」

「姊姊怎麼了？」

哎呀！居然把弟弟英宗傑也吵醒了！英娜先在肚子裡暗罵一聲。才回頭安撫弟弟。

「沒有事啦。宗傑你繼續睡吧。姊姊去解決這邊。」

才打開窗子看是怎麼回事。加禮也發現異常跑了過來，只見擁有怪力的壺麗現在竟倒在地上。頭上卻有一隻鳥停在那裏。一隻大小如鴿子、單眼、獨腳、全身紅色羽毛的怪鳥。

正用那一隻眼睛，狠狠地瞪著壺麗。

海島最犀利傳說登場
紅羽異鳥

雖然眼前的狀況怪異。但英娜忽然有一種設想，怒氣徒生：「壺麗你偷看我換衣服?!」

壺麗：「主人別誤會！只是覺得妳很漂亮……唉喲！停手、不！停嘴啊！」

雖然是坦誠了，但是這隻紅羽異鳥沒打算輕饒，繼續全力猛啄。更奇的是，這一身怪力的壺麗，似乎也不敢還手。

英娜：「嗯……這位紅鳥、先生、這樣也夠了吧。」

有人出言求情，這紅羽異鳥似乎也聽得懂。居然也放過壺麗，飛到一旁的樹上站著。不過卻連正眼也不肯面對別人，微微抬高的鳥啄、拉的筆直的脖子、加上收得很緊的雙翅、一身緊繃的結實胸膛。

雖是鳥類，英娜卻學到什麼才是「傲然挺立」的氣勢。

一旁的加禮卻大驚失色，更拔出番刀、擋在紅羽異鳥與英娜之間：「鶙逆、嘎巴坦尼亞？（音huni qbhniq），英娜小姐小心！這是傳說中的邪鳥！」

剛剛的呼喊，也引起了郭宅的人注意。英娜聽到邪鳥一詞也是大驚失色，但仔細看這紅羽異鳥，卻又感受不到邪惡的氣息。

壺麗：「沒有啦！這傢伙是很壞……喂！你『傀』什麼？我在幫你說話耶！不過這傢伙也不是什麼邪惡的壞鳥啦。」

似乎是聽得懂人話，這紅羽異鳥竟然鳥鼻孔重重的哼了一聲！

英娜：「好跩啊！不過跩的真有個性。」

還真的聽得懂人話？這紅羽異鳥轉頭望著英娜，還揚了揚單眼的眉角。似乎很有讚賞之意。英娜也非常訝異，怎麼能從這鴿子頭般的臉上，讀到這麼豐富的表情？

這紅羽異鳥隨即轉向壺麗，連續啼叫幾聲、竟似長輩在說話訓斥。
壺麗：「不要！不幹！你自己去打！」
聽到這回答，紅羽異鳥叫得更兇。責備的意味更加明顯……雖然別人聽不懂意思。
壺麗：「有病啊！要碰髒東西你自己去！」
簡直不給顏面！紅羽異鳥也不客氣，直接衝到壺麗頭頂猛啄！
壺麗：「哇！哇！哇！住手、不對、住嘴啊！哪有這樣強逼人的？救命啊！」
再次證明，壺麗不敢對這怪鳥還手？落的只挨「啄」的局面。
雖然有些不明所以，但聽到求救主人豈可無動於衷？
英娜：「停手啊！壺麗都說不要了！」
不過這紅羽異鳥完全不理，還用獨腳抓住壺麗後衣襟，看來就像是要把他抓著飛起來一樣。不過最後卻沒飛起，只能吊著這怪女孩拖著走。
英娜：「你這怪鳥怎麼這樣蠻橫？加禮、幫她！」
快刀應聲斬向紅羽異鳥！不過說是快，加禮其實留了後勁。以免真的不小心砍死了這紅鳥。
不料你快、鳥更快！振翅一動、竟只見一道紅色的殘影撲面而來！加禮危急間手腕一翻，險險用刀面擋下這閃電鳥擊！但也被震得往後仰倒。當紅羽異鳥轉身想再抓住壺麗時，四周卻忽然一陣霧茫茫？
原來是英娜眼看不妙，急忙拿起藤條喚醒惑精，注入意念發動幻術。四周立時一片濃霧，英娜忙大叫：「壺麗、快找地方躲……啊！」
話還沒說完、四周竟然捲起一陣陣旋風！風力吹散四周濃霧，英娜立刻發現壺麗正在自己身前一步，居然嚇得僵了。看來本是想逃進屋子，只可惜現在還差一步。

天上卻出現一圈紅鍊！原來剛剛是紅羽異鳥在半空迴旋，造成旋風吹散霧氣。現在翅膀一振，又直撲壺麗而來。

「不行！」

英娜當下本能地衝出去要接應壺麗，加禮也從旁竄出，一計快刀直接砍中紅羽異鳥！然而強大的反振力，卻震的自己倒飛和壺麗跌成一團，反而紅羽異鳥似乎沒有受傷，更振翅返回半空，作勢要進行更強力的俯衝！

此時英娜腦子全力運轉，要怎麼擋住這紅羽異鳥？啊、自己還有一招有限的法術！隨即專心凝氣，眼前浮現了大語符紋方陣，隨即以藤條連點五下！使出生平第一次在實戰中用出的大語符紋：

（隱 ún）

意念一到！不但自己、連加禮和壺麗都立時隱形！半空的紅鳥也不禁停下了動作，傻在當場。

居然一次成功！英娜只差一點就高興地叫了出來！但隨後想到：「連同伴都隱形了，要怎麼配合動作？」

只可惜，也來不及細想了。

紅羽異鳥一聲清嘯、身形忽然變化膨脹！脖子還伸長有如蛇頸、鳥啄巨大化之後裡面長出利牙、尾羽也伸長有如蛇尾一般、尾端左右各長出二支長尖刺、更由頭順著背部到尾端長出一排鬃羽！

原本像鴿子大小的紅羽異鳥，居然一轉眼變成了巨大的龍鳥？羽毛間還有電漿、火焰流動！望之好不威武！

還沒來的及反應時，這龍鳥已直衝到頭上，一爪將自己連腳下踩的地面都一起抓了起來！

壺麗：「哇哇！怎麼這樣啦！」

加禮：「糟糕！小姐、小姐有被抓了嗎？」

「啊、對啊！就算看不到，用大爪子一次全抓走就好了。」

聽到聲音，英娜不由得苦笑。看來是三人連地面都被抓起來了。轉頭一看、龍鳥已飛上空中了。現在要是掙扎，不小心只怕會摔死。這一下三人……還加上惑精共四個。似乎只好聽天由命了。

◆

英家老爺和達吉斯・都奈在凌晨趕回郭家時，才得知英娜等人失蹤的消息。一時間也心急如焚！卻看到小孫子、英宗傑急忙跑過來。

「姐姐和加禮哥哥被大鳥抓走了！」

原來英宗傑自一開始被吵醒，就目擊了整個過程。此時和英家老爺報告了完整的經過。

英家老爺聽後，反而心下稍定：「真虧了宗傑這麼小，還能有條不紊地說明狀況。這樣看來、這隻怪鳥和壺麗似乎是同伴，也似乎沒有加害之心。而且加禮還跟在一旁，那暫時間是沒有安全顧慮了。」

在一旁的達吉斯・都奈反而一直詢問，是發生了什麼事情？

英家老爺心想：「那隻怪鳥，和達吉斯・都奈幼年時所看到的應該是同一隻吧。倒不用告訴他所有的事，現在要做的最優先順序是……」

英家老爺立刻轉頭對著郭光天說道：「立刻依照之前的計畫！請郭老爺立刻帶領所有人往北方疏散、派人通知萊崁部落目前的狀況。本人親自斷後牽制！如果赤蓮軍攻來，會試著拖延時間，也會試著保護財產與收成！」

的確、在這裡辛苦開墾。有理由拚命保護辛勤的成果。親自坐鎮也有另一個理由，英家老爺心想：「必須留下來，才有機會找到英娜。」

◆

在大溪頭的赤蓮軍們，研究了敵人的情報之後。判定晚上用大地系法術救走阿泰雅戰士的，應該就是郭樽的護院、大名鼎鼎的英家老爺！

而那忠皇義民青八旗的首領，更是現在借住在郭家的客人！

嫵蟷：「這樣看來，郭樽那票人已成了背叛民族的漢奸！而且朝廷也已注意到我們的動向了！正統的漢人子弟們，害怕韃靼的大軍嗎？」

赤蓮軍眾：「不怕！」

嫵蟷：「今日起就讓我們在此一洗漢族百年屈辱、反抗韃靼皇帝的異族統治、在此遠離中原的獨立之島、再建漢國！漢人萬歲！」

一眾漢人赤蓮軍不由得熱血沸騰，紛紛振臂大喊：

「獨立之島、再建漢國！獨立之島、再建漢國！」

「漢人萬歲、正統漢人萬歲！」

將士氣炒到最高點，嫵蟷任由歡呼聲在空中爆散，對著屬下下達命令：「我們現在有三件事。一、完成大首領的任務，掘出魔力之源。二、清剿那些青八旗的『漢奸』餘黨！三、懲罰郭樽通敵之罪！」

「我去對付郭樽！」

陳蓋咬牙切齒喝道：「那個英家老爺居然在前些日子讓我丟了這麼大的臉！此仇非報不可！」

上次陳蓋因為濫殺小孩而激怒了英家老爺，結果法術被破還差點被滅。此時抓住機會，便想討回這恥辱。然而後方卻有人說道：「那個使用大地法術的，就是英家老爺？那憑妳還差了一點。」

居然被人稀落？陳蓋憤怒地轉頭，要教訓說話之人！卻發現是自己的師傅、苁玉師太。

「雖說差的不多，但差一點就是戰敗，呵！呵！呵！」

苁玉師太笑聲聽起來慵慵懶懶，：「就讓為師來助妳一臂之力吧。」

雖然聽到師父說會幫忙，但陳蓋反而皺緊了眉頭。

實際上，一旁的赤蓮軍高層都皺起了眉頭。

這出家人現在全身瀰漫著一股酸、甜、鹹的氣味。在寬鬆的僧袍之下，一件小襯也沒有。褲子也沒穿，雪白的大腿間似乎殘留著不知名的液體痕跡。再加上一副剛起來、還沒睡飽的神情。

先不談剛剛到底做了什麼事？這副模樣實在與「救國救民」的氣氛大相逕庭。連自號魔道士的嫵蟷也忍不住說道：「我大漢自古乃禮儀之邦，還請師太自重。」

苁玉師太嬌笑道：「真是虛偽，難怪人家都說『假道學、假道學』的。」

被當面頂撞，雖然這人是武林前輩、秘密幫會高層。嫵蟷還是臉色鐵青，一股殺氣難以遏制地蔓延開來！

但苡玉師太卻豪不在意：「看看這些和尚們！不愧是大名鼎鼎的少林武僧啊！果然弓馬紮實、訓練有素啊！據說他們方丈還有情婦呢，你們不是在中原齊名嗎？應該學學人家啊！」

這毫不掩飾的態度，讓當事人、六僧九絕劍都尷尬地吹著口哨轉過頭去。不過雖然臉紅，卻是沒有否認。

苡玉師太：「哎呀！還不好意思呢？真是可愛啊！」

嫵蟷看在眼裡，氣的髮鬚倒豎！瞪著陳蓋問道：「尊師以前就這樣生性放蕩嗎？」

陳蓋：「這……師傅是有一點不良癖好啦。還請分舵主多多包涵，反正放在軍中、可安撫戰士寂寞情緒，做提振士氣之用也不錯啊！」

把這「工作」放在一位武林前輩身上，應該是絕大的誤用吧？

其實，連陳蓋心中也暗自不安。以前師傅雖也屢犯清規，卻都是私下為之，沒像現在這樣毫不遮掩的公開淫行。

而且苡玉師太雖因功力深厚，容貌看起來宛若年輕女性。不過仔細觀察，還是能找出白髮、皺紋等標示年齡的線索。眼前的苡玉師太，卻完全擁有雙十年華的年輕肉體。

若非一身修練的內家氣息無法隱瞞。連陳蓋也難以相信，這人就是自己的授業恩師。

「難道，師傅是因為修練到了返老還童的境界。連帶著性格也產生變化嗎？」

還在猜想時，忽見身旁的大痴往後急退。一抬頭，卻發現苡玉師太已在眼前！

同時將雙臂輕輕繞過陳蓋項頸、兩對胸尖更貼在可清楚感觸、卻似有間隙的極近距離摩擦著。陳蓋此時可清楚看到恩師完美無瑕、幾乎吹彈可破的臉皮，與嘴角還未擦去、奇異的不明液體漬痕。卻完全感受不到任何的呼吸氣息！一股詭異的恐懼，壓的陳蓋無法動彈！

只聽苁玉師太說道：「要和那老頭子打，功力必須再提升才行。還是讓師傅來幫妳吧！」

說完朱唇便吻了上來！陳蓋霎時天旋地轉，一種極度噁心的惡寒走遍全身！

天子聖哲・石磨仔心

啾啾、啾啾……鳥叫聲？

睜開眼，伸個懶腰坐起來，英娜發現自己身在樹林之中。

「啊！對了，昨天被那隻怪鳥抓到空中了。」

居然還有幾隻麻雀在頭上和肩膀亂跳。這樣祥和是不錯，但現在是怎樣？加禮呢？壺麗呢？

惑精：「英娜小姐醒了嗎？加禮去探路和搜尋晚餐了。」

嗯、都忘了還將惑精也帶來了。英娜反問道：「那壺麗呢？」

惑精：「回小姐的話。壺麗和那怪鳥在樹叢的後面，估計正被訓話！」

訓話？

正在猜想的同時，傳來一陣尖銳的鳥叫聲！還有人抗議的聲音！

壺麗：「隨便你怎麼說！那些東西髒死了，我、絕、不、碰！」

英娜循著聲音，轉過一矮樹叢。便看到那紅羽異鳥站在一根斷掉的樹頭上，正面對著壺麗不斷啼叫，還伸出一隻翅膀指指點點？

英娜心想：「這隻鳥的表情和身體動作怎麼這樣豐富？」

而另一邊、壺麗卻是跪在地上、雙膝夾得很緊、肩膀也收得很緊、兩手伸直、手掌放在膝蓋上、上身挺直卻微向左轉、再加上一臉「不合作」表情、和嘟著嘴也向左撇頭到底的模樣。

英娜心想：「這就像是小女孩在鬧脾氣。不對，真的就是小女孩在鬧脾氣！唉！懶得再說他了。」

對這男女不分的傢伙，英娜是真的已經……看開了。

而壺麗一看到英娜過來，立刻張開雙手，高興地跑過來：「主人妳醒了您，人家很擔心……哇！」

話才說了一半，紅羽異鳥已閃電撲到對著壺麗猛啄！本來想擁抱撒嬌的，結果成了「大」字型的啪地人形姿勢。英娜還沒反應過來，紅羽異鳥已回到剛剛的斷樹上，又是伸出一隻翅膀，指著壺麗大罵（啼叫）。

英娜：「嗯、雖然漢人人禮節是男女授受不親，但我想壺麗是沒有惡意的。請不要對她太嚴厲。哦、紅鳥先生……鵪逆、嘎巴……」

對英娜來說，這個發音實在有點咬舌。但總覺得叫他鳥先生……似乎更不禮貌。

英娜左想右想，最後乾脆擺出小女孩的笑容，向紅羽異鳥問道：「啊……介意我用『小紅』來稱呼你嗎？」

此話一出，壺麗立時大為緊張。只怕這怪鳥便要翻臉！

但英娜卻看到這紅羽異鳥、表情實在複雜到極點。不但鳥啄旁的嘴角下拉、下嘴唇（啄）似乎也嘟了起來、而且獨眼居然下眼皮上擠、還微微側著鳥頭「鄙視」著自己？

活脫脫是一副「這小女孩是想怎樣」的表情。

英娜心想：「以一隻鴿子大的鳥來說，這表情是否太豐富了？」

卻聽得這紅羽異鳥低聲「咕咕」的幾句。

壺麗一下還沒翻譯，惑精已現身貼在英娜耳邊說道：「小姐，他說叫他『小紅』沒問題。」

英娜：「惑精妳懂鳥語？」

惑精：「常有鳥停在藤樹神的枝頭上說話。」

還在吃驚時，那隻小紅又咕咕叫了幾聲。

壺麗連忙說道：「惑精妳別和我搶著和主人說話，這『小紅』說前一個用這符紋法術的女巫，也是這樣叫他。」

英娜：「咦？之前也有人會用大語符紋，而且是個女巫？」

這小紅咕咕幾聲算是回答，卻讓壺麗嚇了一跳：「你說那會用大語符紋的女巫，就是魔神仔？（方言讀音，môo-sîn-á）」

這下連英娜也一陣愕然。傳說中，魔神仔出沒山野之間，又有無神仔、魍神或魅神的稱號，算是這海島流傳最廣泛的信仰之一。但沒想到居然會使用大語符紋。

惑精：「啊！母親也認識這個女巫。」

母親……是指藤樹神吧？英娜才想著：「藤樹神都不知活多久了，會認識這魔神仔也不奇怪啊。」

惑精：「也是她教母親大語符紋，而且要母親等待小姐的啊。」

咦？壺麗和英娜這下忍不住轉頭，連「小紅」也斜著臉、拉長下巴看著惑精。

英娜：「魔神仔要藤樹神等我？惑精你能再告訴我一點嗎？」

「我記得那一晚……」

惑精罕有地露出害怕的表情：「她出現在森林之中、一身紅衣、滿頭金髮、眼睛會發出可怕的綠光。母親說那個魔神是西方女巫，她的神眼能夠預知未來。但是也很可怕，除了母親之外，我們都不敢隨便去看她。」

能預知未來嗎？英娜腦中忽然想到了之前藤樹神所說、有關萊崁一族將滅亡的對話：「難道是這女巫告訴藤樹神，萊崁一族的未來嗎？」

惑精：「她說萊崁和我們在地神靈都注定會滅亡，只有小姐才是未來的一線希望。」

原來除了萊崁一族外，連藤樹神都難逃一劫！英娜聽到後更是惶惶不安。

英娜：「為什麼？怎麼會是我？我有什麼本事成為未來的希望？」

惑精：「對不起，詳細的情形可能需要問母親才清楚。」

就在這時、後方樹叢一陣騷動。竟然是加禮回來了，還背著一個人。卻是身受重傷、奄奄一息的林碧山！

加禮：「剛剛發現他掛在樹上，記得是老爺的客人。」

這林碧山不但雙臂複雜骨折、臉色煞白、一身血汙、更因為傷重開始發燒了。似乎是由樹頂摔落似的。身上全是擦傷，不少傷口還有破裂的木刺。眾人連忙幫連碧山清理傷口。加禮做了一些簡易的木條固定骨折，壺麗更是找了一些水和藥草過來。

忙了一陣之後，林碧山狀況還是不見好轉。英娜於是向著小紅說道：

「請再變成巨鳥，先送我們回郭家吧，這人需要阿公或是醫生的照顧。我保證以後壺麗一定會聽你的話！」

這句話一出口，英娜也不禁側眼觀察壺麗的反應，心想：「雖然主人、主人的亂叫。但現在這樣把她給賣了！不知會怎麼想？只是救人要緊。如果這傢伙情緒反彈，就設法先疏通一下才行。」

不過這壺麗雖然臉現為難的咬情、卻是因為另一件事：「啊、其實、和這『鳥仔』一起去降妖除魔、是一定要盡的義務的啦……」

是降妖除魔嗎？那與阿公算是同行，如果一起合作就最好不過了。英娜才這樣想時。卻發現壺麗用一種看好戲的表情，指著小紅說道：

「但是這傢伙只有晚上是一條龍，白天別說變成巨龍鳥了，連力量都所剩無幾。雖然速度還算快，可是沒辦法帶人飛起來。只能用『無能』來形容、還真的只剩一隻『鳥』力！嘿嘿嘿嘿！」

壺麗說到最後還加重嘲笑？這時小紅卻是默認一般撇過頭去。居然還……

英娜：「居然會臉紅？還流冷汗？天啊！我第一次看到會臉紅和流冷汗的鳥！」

表情真的太豐富了。

加禮：「這裡位置應是龜崙（Kulon）領地的深處。距離藤樹神的位置大約半天路程。如果走的快，可以找藤樹神幫忙。」

英娜思考了一會：「藤樹神不一定會見別人，但那邊距離元帥廟也沒幾步了。小紅你的速度很快嗎？」

說完撕下一塊袖子，用樹枝沾樹液寫到「阿公我沒事，林碧山先生重傷。請帶醫生到元帥廟會合。英娜」。

英娜：「請小紅先把這塊布帶到郭家大宅，大聲誇張一點，應該會有人傳給我阿公。希望能在元帥廟接應上，我們這就走吧。」

壺麗：「哇！主人的安排果然很『老』耶。」

英娜眉頭一皺：「請說『老成』好嗎？快走吧。」

如果採最短直線的路徑，那就無法避免崎嶇的山路了。壺麗所幸折了樹枝和樹藤，很快地做成一張可以背著的轎椅，好讓加禮揹著林碧山行動。

想幫英娜也做一張的時候，卻被拒絕了。

英娜：「這點山路還難不倒我。不過話說回來，壺麗你的手還真巧。」

的很有用，心靈手巧不說。在路途中還採集樹果，更用找來寬大的海芋樹葉用來遮陽。又不時有一搭、沒一搭的說著笑話。結果這躺回家之旅，反而像是郊遊踏青一樣。更好的是，壺麗找來的草藥有效了。林碧山高燒減退，呼吸、脈搏也漸趨穩定

英娜：「看來是渡過難關了。」

心情一輕鬆，更是和壺麗有說有笑，甚至哼起歌來。

不知不覺中：

咚——咚——咚——咖！

（咚）——（咚）——（咚）——（咖）！

連八音都哼出來了，一邊壺麗也擺出敲鼓的姿態湊合著玩。於是英娜隨口便背誦出：

君（kun、ㄍㄨㄣ）、滾（kún、ㄍㄨㄣˋ）、棍（kùn、ㄍㄨㄣ˪）、骨（kut、ㄍㄨ ㄉㄧ）、

群（kûn、ㄍㄨㄣˊ）、滾（kún、ㄍㄨㄣˋ）、郡（kūn、˙ㄍㄨㄣ）、滑（kut、ㄍㄨ）！

不料原本昏迷的林碧山，卻忽然大叫：

「天（thian）子（chú）聖（siàⁿ）哲（tiat）！」這真的嚇了大家一跳，而林碧山更是激動地吐了幾口黑血！眾人連忙讓這老學士躺到陰涼處，並餵以清水和草藥。待稍微回氣之後，林碧山才一邊喘一邊問

道：「剛剛、剛剛是誰在頌唱著『**太古之四聲**』？」

太古之四聲？是指大語符紋的八音嗎？

英娜於是說道：「對不起，那是我不懂事在這唱著好玩。請林伯伯別要介意！」

壺麗：「那可是主人所繼承的法術咒語，有著神秘的力量……唉呦，好痛！主人請放手！別轉耳朵啊！」

英娜：「說話要客氣一點，這林伯伯說是全國最聰明的人耶。」

確實，雖然是退休的。但翰林，又被尊稱為大學士，也是這國家最高階的學者尊號。但現在這老學者即使眼盲，卻是難掩心情激動而熱淚直流。只要英娜再復頌一次八音。聽過後，又自己仰著頭，似乎得遇天啟一般：「沒想到、沒想到竟在遠離中原的此地傳承啊！」

心情激動不已，好一會才能說道：「這一位姊姊是英家老爺的孫女、英娜小姐吧？請不要再懲罰這位妹妹（英娜：他？不是啦！）。小姐您所繼承的，其實不是地方方言，而是真正的正統古語、今日中原已失傳的古音。」

英娜、只能眨了眨眼，也無法聽懂那是什麼意思。幸好路途還長，於是聽這老翰林慢慢道來。

林碧山：「所謂四聲，就是『平（pîng）、上（siōng）、去（khì）、入（jip）』（方言發音）。在一千年前的中原，梁武帝、蕭衍問當時的學者周舍『什麼是四聲？』而周舍回答就是『天（thian）子（chú）聖（sià^{n}）哲（tiat）』（方言發音）這件事被記載在《梁書．沈約傳》之中。這**天子聖哲**和**平上去入**由此地的方言發音，音調便是一致的。而這四個聲調。在前朝有位文人名為**釋真空**，便在其著作《**玉鑰匙**》內提到。『平聲平道莫低昂，上聲高呼猛烈強，去聲分明哀遠道，入聲短促急收藏』這和英娜小入音不謀而合。」

「嗯，嗯……」

倒不是敷衍，而是只聽到這樣，即使是英娜，也不知道有何意義。

林碧山：「但是今天的漢語、應該說今天的『北京官話』！也就是朝廷制定的官方語言，卻失去了這古音，四聲也變成了『陰、陽、上、去』。」

英娜：「聽伯伯這樣說，難道是朝廷改變了古音嗎？」

「有自然演變的因素，也有國家權力的影響。」

林碧山說著竟不由得感慨：「五百多年前，蒙古人征服漢人，建立元朝。期間官方已蒙古語為主，也同時推行語音上融合蒙古語的『天下通語』為當時通行的漢語範本。一般相信至此改變了漢人的語言。啊，與其說古，不如實際一聽。這是北京官話的：『平（píng）上（shàng）去（qù）入（rù）（北京官話）與天（tiān）子（zǐ）聖（shèng）哲（zhé）（北京官話）』聽得出差別嗎？」

差別大了！完全聽不出相似的音階，到這時英娜才想到一件事。

英娜：「父親曾告訴我，現在所說的話是地方用的語言。所以是方言。」

林碧山：「這樣說確實也沒錯，但也因為地處偏遠，反而傳承了更古老的語音。而不能忽視的，就是閩南一代的方言，在與《詩經》、《離騷》等古老著作，音韻契合的程度遠勝其他。

語音因為朝代更迭而變質。其中最重要的，就是最後一個『**入**』聲在後來完全消失了。

但影響不只如此。

語音一旦變化，則對應的文字也產生變化，最後連文書的格式也變得完全不同。

漢、唐古代的文言文，到了近代民間已難以通行。」

英娜：「記得後來蒙古人不是被趕走了？也沒恢復這古音？」

林碧山：「唉！前明一朝、以金陵、南京的語言作為官話。基本上還遵循古音。但自我大清立國，就偏向北京語音……」

說到這裡，林碧山卻忽然一怔，心想：

「其實先皇曾經明示『**不得仍前習為鄉音**』（雍正八年、一七三〇），並在福、廣二省、廣設『**正音館**』，教授以北京話為基礎作為『**官話**』的標準。也有一統天下語音，消滅漢族舊音的用意。但如果照實和這小女孩說，只怕讓她對朝廷有所怨懟。還是替主上與朝廷遮掩、『**和諧**』一下好了。」

於是避重就輕的說道：「於是古音就此幾乎斷絕。但實在沒想到，在這偏遠海島，居然還出現如此有系統的傳承。實在……難得可貴、難得可貴！」

這幾句難得可貴，卻是發自內心的實在話。林碧山自己身為漢人，又是當朝大學士。對於滿清朝廷意圖消滅漢人傳統語言的舉動，可說了然於心，甚至也可說是幫凶。雖說是以「效忠國家利益」為由說服自己，但心裡總有一股疙瘩，陰影似的揮之不去。

但沒想到，卻由小女孩的口中，聽到解開心結的一句話！

英娜：「嗯、嗯、那知道原由的漢人官員不都成了**石**（**tsioh**）**磨**（**bō**）**仔**（**á**）**心**（**sim**）、很辛苦！」

林碧山：「什麼?!」

就算學富五車，也一下聽不懂這意思。但……心頭卻沒來由地一暖！

英娜：「爸爸說過。如果做官的、或跟人做事的、有時會被要求自己不想做的事。那時要不是勇敢反就只好把自己的的真心放在一旁做事。但又騙不了自己，所以心就像被米粒在石臼裡一樣。被石頭一邊磨碎。」

「那無奈、就成了石（tsioh）磨（bō）仔（á）心（sim）。」

壺麗：「啊、沒這回事！只要主人下令，我一定會高高興興去做的……唉喲！」

英娜重重捏著這怪偽娘的臉頰：「別人說話，別打岔！」

「嗚、嗚、嗚、對不起……」

看著這不斷求饒的壺麗，英娜忍不住問道：「奇怪、為什麼妳會痛？我的手勁應該不大呀？」

畢竟連寶劍也傷不了這怪胎的臉皮，英娜的力量更只是一般小女生的水準。

壺麗嗚嗚耶耶：「但是、但是人家會怕嘛。」

所以只是心理作用？英娜忍不住加重了手勁，還用力扭轉。然後看著壺麗哇哇大叫……。

加禮不禁心中暗罵：「這傢伙根本就是裝著痛玩的，好賴在英娜小姐身旁。真是個麻煩的傢伙！」

忽然竟發現自己的後頸一陣暖流。居然是林碧山伏在身後，熱淚難以自制，哭了起來。加禮心想：

「這漢人老頭怎麼也這樣麻煩？哭得和小孩子一樣。」

殊不知、身為漢人，卻在滿族皇帝下效忠的林碧山。多年來對於各樣不合理的處境，甚至明知是會消滅漢族文化的政策。早用一套「國家至上」的理論，安慰、麻痺個人的想法。但今天卻因為英娜的認同，讓早已被壓榨乾枯的「石磨仔心」一瞬間融化！連淚水也潰堤而出。

稍微收拾了心情，林碧山：「英娜小姐的父親，就是英慧大俠吧。的確見識不凡，老朽受教了。可惜無緣見到大俠風範。」

聽到自己的父親被如此稱讚，英娜也想禮貌的道謝。但前方天空卻忽然騷動不已！大氣爆裂、亂流摩擦、閃電橫打、雲氣急旋、竟然颳起了龍捲風？

遠處一隻白面赤腿的巨猿、被捲上了半空。

「兵亂之兆、朱厭？」

雖然英娜沒見過，但也在這幾天聽人描述過這巨獸。到底是誰有這本事？

加禮：「這是佬密氏的法術！佬密氏出手了！」

英娜、壺麗都看得目瞪口呆。沒想到那小女孩一樣的佬密氏居然這麼厲害！還沒細想，林碧山卻示警安靜！眾人順著他已盲的眼白看去，竟然發現在前方遠處還有人？幸好此時也被飛上半空的朱厭吸引注意力，沒有發覺這邊的狀況。

英娜等人連忙藏身在路旁樹叢裡。同時也訝異這眼盲之人，竟然有如此靈敏的感應。

卻聽林碧山小聲地說道：「應該有三個少林派的高手，可能是奉命來搜尋老夫的。但他們似乎還捉住了誰？受傷了、聽起來是個小孩子。」

這麼遠是怎樣聽的？其餘三人一臉狐疑的看著林碧山，卻因為敵人靠近而不敢提問。等對方靠近後仔細看去，正是曾經襲擊郭家的少林叛僧、四痴、五痴和白癡！周圍還跟著幾個披散著頭髮的赤蓮軍士兵。

但在後面居然還有一人！的確是個小孩子，被赤蓮軍用繩索捆住手腳、便抓著繩頭將之在地下拖行……來道地上一路血跡斑斑、擦得皮肉糜爛。

這小孩，竟然是英娜也見過、前龜崙部落首領的遺子「大农」！

欲知詳情，請待下集繼續……

附錄

十五音簡介

「十五音」是一種師承漢學傳統韻書八音法則，而專門針對閩南方言所制定的拼音法。基本的方法，就像今天的注音符號拼音法一樣。實際上，注音符號也是源自韻書的原理，只是這系統專門針對閩南方言設計。

不論是閩南方言的漳州語系或泉州語系，都是用以下十五個基本音作為子音：

柳邊求去地、頗他曾入時、鶯門語出喜

因此被人通稱為十五音。

所用的母音又有泉州音與漳州音，甚至在各自的領域都有不同的母音版本。以作者家傳字譜（漳州語系）為例，一共有五十音如下：

君堅金規嘉、干公乖經觀、沽嬌稽恭高、皆巾姜甘瓜、江兼交迦檜、監艍膠居ㄐ、更褌茄梔薑、驚官鋼伽閒、姑姆光閂糜、嘄箴爻扛牛

係依照不同系統，數目在四十五到五十之間，而頭三十個母音相同，因此這三十個母音稱為「字祖」。

五音的傳承

《拍掌知聲切音調平仄圖》　作者：廖綸璣

約在康熙三十九年、西元一七〇〇年出版，又稱為拍掌知音。原始版本中，已經具備十五音發音，雖然與今日的十五音有所差異，但可說基本原形已經確定。

《康熙字典》康熙五五年（西元一七一六年）

多項文件內有提及。但筆者找不到正確篇章。

《渡江書十五音》康熙五五年（西元一七一六年）；作者：不詳

其中不但十五音子音（書中稱為音歌）齊備。基本的三十個母音（書中稱為字祖）也確定。這三十個「字祖」直到今日改變都很少。書中採取字祖與附音分別的方式。（筆者認為非常實際）

《戚林八音》乾隆十四年（西元一七四九年）；編者署名晉安

本書乃是以下二書的合訂本：《戚參將八音字義便覽》（大約成書於明代嘉靖年間，據《閩都別記》：「時戚繼光為福州參將，作八音字義」，以及《太史林碧山先生珠玉同聲》（編於清代康熙年間翰林太史林碧山）。

《彙音妙悟》嘉慶五年（西元一八〇〇年）；作者：黃謙。

其中分為韻母五十字、聲母十五字。也出現巧思「三推成字法」。

《增補彙音》嘉慶十五年（西元一八二〇年）；作者：壺麓主人

增補彙音又稱增補十五音、黑字十五音、增註十五音彙集。確定以漳州系語音為基礎。但作者「壺麓主人」本身資料難以考證。

《彙集雅俗通十五音》同治八年（西元一八六九年）；作者：謝秀嵐

以漳州系發音為主。採用用紅、黑二色套印，又稱「紅字十五音」或「增註雅俗通十五音」。在台灣宜蘭、桃園、嘉義等地都有流傳。筆者家中記載，最早於同治十年（西元一八七一年）已有家中長輩在經商時帶回（今桃園大園鄉）。後有子弟在書塾處習得，於是用以教授幼子習字。

《八音定訣》光緒元年（西元一八七五年）；作者：葉開恩

以廈門音為主，混合著漳泉腔的閩南語音。

《硃十五音》光緒二二年—光緒二三年（西元一八九六年—一八九七年）；實版民國三十五年（西元一九

廈門會文堂發行。以紅字十五音為基礎做修改。

http://fushenhsiao9919.pixnet.net/album/set/9440910

《台語彙音》（台灣教育部修訂版本）　民國四十五年（西元一九五六年）

現由陳寶興先生與家人整理。書名《台語彙音》。

採取母音四十四音、子音十五音。

http://tw15in.com.tw/profile.htm

《台灣字彙音字典》（西元二〇〇六年）；作者：張進金

內收有十五音系統與子音五十音。

《大語符紋》（西元二〇一四年）

筆者為了醫治妻子的癌症，召喚神魔祈福，夢中卻出現身著紅衣的女仙、提議創造文字作為代價。妻子痊癒後，以其所教結合作家家傳《硃十五音字譜》，確實創造出文字，並用於自創的小說《大語符紋路》。

http://www.popo.tw/books/80717

大語符紋設計

大語符紋是以閩南語為基礎，繼承王謙的「三推成字法」，將十五音設計成可實用文字。由於閩南語也是一種「單音」語言，因此設計上需要突破「同音字」的障礙。其基本概念，將子音、母音用數字與陣列做排序。

照一般PC個人電腦鍵盤的數字鍵盤

七	八	九
四	五	六
一	二	三

用八方向符號劃出方陣，定義為原型

┌	┬	┐
├	┼	┤
└	┴	┘

合成之後將成為一個專用的方陣

七		八		九
	┌	┬	┐	
四	├	┼	┤	六
	└	┴	┘	
一		二		三

最後統的八音套上

下上			下去			下入
	7		8		9	
		┌	┬	┐		
上入	4	├	┼	┤	6	下平
		└	┴	┘		
	1		2		3	
上平			上上			上去

【規則】

* 數字與方向符號可以互換，也可以用對應可辨識方向符號互換。
* 中間的發音表示一定要用原型。
* 符號 ┼ 只出現在子音，而且不能和數字或其他符號對換。

語符紋書寫

書寫方式，是將母音放在上方，八音音調放在中間，子音放在下面。

以英娜曾用的「火（音hué）」做說明，對照作者家傳的《誅十五音》是「沽上上喜」。寫成符紋

（對照表因版面配置，請參考第二六四頁）：

符紋原型表示為

依照以上規則

交換阿拉伯數字

或是交換中文數字

甚至以其他的方向性符號替代

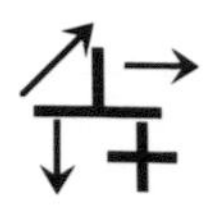

或是

甚至交互混合

＊以上做法，都能依照「大語符紋」的規則立刻辨識，拼音為「火（音：hué）」。

＊如此便在某種程度上，打破了「同音字」限制。

大語符紋子音與母音表

[illegible]標子音如下

符紋子音標	方陣對數	漢字參考	羅馬台語讀音	注音台語讀音
┼└	五一	柳	Liú	ㄌㄧㄨˋ
┼┴	五二	邊	Pian / pinn	ㄅㄝㄥˊ／ㄅㄧ"／ㄅㄧㄢ
┼┘	五三	求	kiû	ㄍㄧㄨˊ
┼├	五四	去	khì	ㄎㄧˇ／ㄎㄨˇ
├┼	四五	地	tē/tuē	ㄉㄝ-
┐┼	九五	頗	phó	ㄆㄜ
┬┼	八五	他	tha	ㄊㄚ／ㄊㄚ"
┌┼	七五	曾	tsan/ tsîng	ㄗㄝㄥ-
┤┼	六五	入	jip/lip	ㄖㄧㄅ
┘┼	三五	時	sî	ㄒㄧˊ
┼┐	五九	鶯	ing	ㄝㄥ
┼┬	五八	門	bûn/ mng	ㄅˋㄨㄣˊ／ㄇㄥˊ
┼┌	五七	語	gí/gú	ㄩˋ
┼┤	五六	出	tshut	ㄘㄨㄉ-
┴┼	二五	喜	hí	ㄏㄧˋ
┼┼	五五	阿	a/o/oo	ㄚ
└┼	一五	嗄	a/sà	ㄍㄚ-

音標母音（字祖）如下

符紋子音標	方陣對數	漢字參考	羅馬台語讀音	注音台語讀音
┐└	九一	君	kun	ㄍㄨㄣ
┬└	八一	堅	kian	ㄍㄧㄢ
┌└	七一	金	kim	ㄍㄧㄇ
┤└	六一	規	kui	ㄍㄨㄧ
┌┘	七三	嘉	ka	ㄍㄚ
┐┤	九六	沽	kȯ-	ㄍㄛ
┬┤	八六	嬌	kiau	ㄍㄧㄠ／ㄋㄞ
┌┤	七六	稽	khoe	ㄎㄝˋ
┤┤	六六	恭	kiong	ㄍㄧㄛㄥ
┌├	七四	高	ko	ㄍㄜ／ㄍㄠ／ㄍㄨㄢˊ
├┘	四三	江	kang	ㄍㄤ
┘┘	三三	兼	kiam	ㄍㄧㄚㄇ
┴┘	二三	交	Ka/ kau	ㄍㄠ
└┘	一三	迦	khia	ㄍㄚ／ㄍㄧㄚ／ㄎㄧㄚ
┐┬	九八	檜	kuè	ㄍㄨㄝ˙
┐┴	九二	干	kan	ㄍㄢ／ㄍㄨㄚ"
┬┴	八二	光	Kng/ kong	ㄍㄥ／ㄍㄛㄥ
┌┴	七二	乖	kuai	ㄍㄨㄞ
┤┴	六二	經	king /kinn	ㄍㄝ／ㄍㄧ"／ ㄍㄝㄥ
┤┘	六三	觀	Kuan/ kuàn	ㄍㄨㄢ
┐┌	九七	皆	kai	ㄍㄞ
┬┌	八七	巾	kin/kun	ㄍㄧㄣ／ㄍㄨㄣ
┌┌	七七	姜	Khiong/ khiunn	ㄍㄧㄤ／ㄍㄧㄛㄥ／
┤┌	六七	甘	kam	ㄍㄚㄇ／ㄌㄚㄇ
┤├	六四	瓜	Kue	ㄍㄨㄚ／ㄍㄨㄝ
├├	四四	監	Kann/ kam	ㄍㄚ"／ㄍㄚㄇ˙
┘├	三四	艍	jiō/liō	ㄍㄨㄩ

語符紋方陣

大語符紋

子音

子音	符紋
柳	五一
邊	五二
求	五三
去	五四
地	四五
頗	九五
他	八五
曾	七五
入	六五
時	三五
鶯	五九
門	五八
語	五七
出	五六
喜	一五
阿	五五
嗄	一五

母音-鼻音變化

母音	符紋	母音	符紋	母音	符紋
君	九一	沽	九六	江	四三
堅	八一	嬌	八六	兼	三三
金	七一	稽	七六	交	二三
規	六一	恭	六六	迦	一三
嘉	七三	高	七四	檜	九八
干	九二	皆	九七	監	四四
光	八二	巾	八七	艍	三四
乖	七二	姜	七七	膠	二四
經	六二	甘	六七	居	一四
觀	六三	瓜	六四	ㄐ	八八
更	四八	官	二一	光	二二
褌	三八	鋼	四九	門	一二
茄	二八	伽	三九	嘄	四六
梔	一八	間	二九	爻	三六
薑	九九	姑	一九	扛	四七
鷩	八九	姆	二一	箴	三七

九一	九二	九三	九四	九五	九六	九七	九八	九九
八一	八二	八三	八四	八五	八六	八七	八八	八九
七一	七二	七三	七四	七五	七六	七七	七八	七九
六一	六二	六三	六四	六五	六六	六七	六八	六九
五一	五二	五三	五四	五五	五六	五七	五八	五九
四一	四二	四三	四四	四五	四六	四七	四八	四九
三一	三二	三三	三四	三五	三六	三七	三八	三九
二一	二二	二三	二四	二五	二六	二七	二八	二九
一一	一二	一三	一四	一五	一六	一七	一八	一九

大語符紋方陣

下上			下去			下入
	七		八		九	
		┌	┬	┐		
上入	四	├	┼	┤	六	下平
		└	┴	┘		
	一		二		三	
上平			上上			上去

釀奇幻04　PC0621

寶島歷史輕奇幻：
妖襲赤血虎茅庄

作　　者　台嶼符紋籙
插　　畫　臨風聽水
責任編輯　徐佑驊
圖文排版　周妤靜
封面設計　王嵩賀

出版策劃　釀出版
製作發行　秀威資訊科技股份有限公司
114 台北市內湖區瑞光路76巷65號1樓
電話：+886-2-2796-3638　傳真：+886-2-2796-1377
服務信箱：service@showwe.com.tw
http://www.showwe.com.tw
郵政劃撥　19563868　戶名：秀威資訊科技股份有限公司
展售門市　國家書店【松江門市】
104 台北市中山區松江路209號1樓
電話：+886-2-2518-0207　傳真：+886-2-2518-0778
網路訂購　秀威網路書店：http://www.bodbooks.com.tw
國家網路書店：http://www.govbooks.com.tw
法律顧問　毛國樑　律師
總 經 銷　聯合發行股份有限公司
231新北市新店區寶橋路235巷6弄6號4F
電話：+886-2-2917-8022　傳真：+886-2-2915-6275

出版日期　2017年2月　BOD一版
定　　價　300元

Printed in Taiwan

國家圖書館出版品預行編目

寶島歷史輕奇幻：妖襲赤血虎茅庄 / 臺嶼符紋錄著.
-- 一版. -- 臺北市：釀出版, 2017.02
面；　公分. -- (釀奇幻；4)
BOD版
ISBN 978-986-445-186-9(平裝)

863.57　　106000650

讀者回函卡

感謝您購買本書，為提升服務品質，請填妥以下資料，將讀者回函卡直接寄回或傳真本公司，收到您的寶貴意見後，我們會收藏記錄及檢討，謝謝！

如您需要了解本公司最新出版書目、購書優惠或企劃活動，歡迎您上網查詢或下載相關資料：http:// www.showwe.com.tw

您購買的書名：________________________________

出生日期：________年________月________日

學歷：□高中（含）以下　□大專　□研究所（含）以上

職業：□製造業　□金融業　□資訊業　□軍警　□傳播業　□自由業

□服務業　□公務員　□教職　□學生　□家管　□其它_____

購書地點：□網路書店　□實體書店　□書展　□郵購　□贈閱　□其他

您從何得知本書的消息？

□網路書店　□實體書店　□網路搜尋　□電子報　□書訊　□雜誌

□傳播媒體　□親友推薦　□網站推薦　□部落格　□其他__________

您對本書的評價：（請填代號　1.非常滿意　2.滿意　3.尚可　4.再改進）

封面設計____　版面編排____　內容____　文／譯筆____　價格____

讀完書後您覺得：

□很有收穫　□有收穫　□收穫不多　□沒收穫

對我們的建議：________________________________

____

____

____

請貼
郵票

11466
台北市內湖區瑞光路 76 巷 65 號 1 樓
秀威資訊科技股份有限公司 收
BOD 數位出版事業部

（請沿線對折寄回，謝謝！）

姓　　名：＿＿＿＿＿＿＿＿＿　年齡：＿＿＿＿　性別：□女　□男

郵遞區號：□□□□□

地　　址：＿＿＿＿＿＿＿＿＿＿＿＿＿＿＿＿＿＿＿＿＿

聯絡電話：(日)＿＿＿＿＿＿＿＿＿＿ (夜)＿＿＿＿＿＿＿＿＿＿

E-mail：＿＿＿＿＿＿＿＿＿＿＿＿＿＿＿＿＿＿＿＿＿